KB167904

손바닥
수필

최민자

전주에서 태어났다. 어려서는 시인을 꿈꾸었으나 머뭇거리고 서성거리다 아까운 날들을 떠내려 보냈다. 몇 권의 책을 내고 몇 가지 상을 타기도 했지만 쓰는 일을 통한 자아 확장과 소통의 기쁨을 가장 큰 성취고 소득이라 생각한다. 삶이 던지는 수많은 물음표와 불가해한 은유들을 정관靜觀의 여유 속에 풀어내고 싶어 수필 쓰기를 선택했다.

손바닥 수필

2012년 3월 25일 초판 1쇄 발행
2022년 7월 25일 초판 3쇄 발행

지은이 | 최민자
펴낸이 | 권오상
펴낸곳 | 연암서가

등록 | 2007년 10월 8일(제396-2007-00107호)
주소 | 경기도 고양시 일산서구 호수로 896, 402-1101
전화 | 031-907-3010
팩스 | 031-912-3012
이메일 | yeonamseoga@naver.com
ISBN 978-89-94054-22-3 03810

값 15,000원

손바닥 수필

최민자 지음

연암서가

책머리에

빚잔치를 하듯 원고 정리를 한다.

떠나지 못하고 맴돌던 흔적, 초라하다. 부지런히 걸었지만 제자리만 돈 것 같다. 되레 뒷걸음만 쳤는지도 모르겠다.

덧없이 떠내려가는 시간 속에서 가까스로 움켜 올린 몇 낱의 쉼표들, 서성이던 시간의 포스트 잇 같은 짧은 글들을 주로 엮었다. 문학의 사회적 사명 같은 것을 따로 염두에 두지 않는, 내 글쓰기는 자폐적이다. 세상을 돌아보는 일보다 나를 버팅기는 일이 절실했다. 내게 있어 글쓰기란 일상의 틈새를 비집고 호시탐탐 가격해 들어오는, 정체불명의 허무에 대한 전면전 같은 것이다. 글도 삶도 손바닥 크기를 넘지 못했다. 쓸쓸한 일이다.

제 입에서 나온 실로 제 몸을 가두는 누에처럼, 목숨의 진수를 뽑아 고치를 짓고 그 속에 깊숙이 숨어버리고 싶었다. 고치를 짓고 나를 가두지 않으면 나는 그저 벌레일 뿐 아무것도 아니므로. 컴컴한 굴속에 틀어박혀 나비의 환幻에 젖는 일이 달달했다. 살아보니 알겠다. 벌레는 나비가 되기 위해 사는 것만은 아니라는 사실을.

다시, 내 안의 나를 뒤집어 햇살 아래 펼쳐 놓는다. 안이 바깥을 낳는 기묘한 분만, 글도 삶도 그것 아닌가. 숨기와 찾기, 감춤과 드러남이 결국 하나다.

2012년 새봄에

최민자

차례

2.
이 또 한 지나가리니

3.
황홀한 둘레

4.
세 상 은
타 악 기 다

5.
제주, 그리고 바람

외로움이 사는 곳

사라진 것들의 마지막 처소

노래방에 손전화를 떨어뜨리고 와 다시 찾으러 들어갔다.

사이키 조명도 찰찰이 소리도 증발해버린 불 꺼진 방. 조용하다. 노래들은 다 어디로 갔을까.

노래방은 집단 해우소다. 짓눌린 그리움이 통절한 가락으로 뽑혀 나오고 잊었던 신명이 토막 난 춤사위로 흩뿌려진다. 잠자리처럼 허공을 선회하던 음표들은 천둥번개 속을 부유하다가 홍성거리는 어깨 위에 얹혀 진즉 신호등을 건넜을 것이다. 광화문을 지나고 한강을 건너 새떼처럼 자우룩이 날아올랐을 것이다.

아득한 날, 이웃 마을 교회당에서 들려오던 종소리가 생각난다. 날 밝기 전, 교회를 떠나간 종소리들은 해질녘이면 슬그머니 종루 안으로 기어들곤 했다. 반겨주는 이가 없어서였을까. 저녁답의 종은 더 길게 울었다. 아련한 종소리의 여운 속에서 나는 종소리가 갔다 온 거리가 어디까지였을까 혼자 상상해보곤 했다. 종소리는 어김없이 돌아왔지만 집 나간 백구는 돌아오지 않았다. 돌아오지 않는 노래,

돌아올 줄 모르는 강아지, 멀어져간 얼굴, 떠나버린 시간, 사라진 것들은 다 어디에 있을까.

잠들지 못해 뒤척이는 밤, 내 안 어디 컴컴한 그늘에서 홀연히 살아오는 옛 친구의 노랫소리를 듣는다. 사라지는 것들도 종소리처럼 슬그머니 돌아와 숨는 것인가. 어스름 동굴 속 강고한 바위에 암염처럼 엉겨 붙어 있다가 오색 고운 빛가루 되어 분분히 날리기도 하는 것인가.

떠나간 것들이 다 돌아와 숨는, 사람의 안뜰이 가장 넓은 우주다. 가장 깊은 블랙홀이다.

봄날 천변

새들이 가버렸다.

달포 전만 해도 쇠오리와 고방오리, 청둥오리들이 물 가운데서 자맥질을 했는데 요 며칠 사이 떠나버리고 없다. 한결 맑아진 봄물 위로 홀로 남은 왜가리 하나 수평으로 나지막이 홰를 치며 날아간다.

그러고 보니 며칠 전인가, 북북서 하늘로 편대비행을 하던 한 무리의 새떼를 본 것도 같다. 바람에 펄럭이며 제멋대로 휘어지는 투명한 두루마리를 부리로 이쪽저쪽 바꾸어 들며 새들은 그렇게 만리장천을 건너고 있었다. 겨울 내내, 찬물에 부지런히 머리를 박고 물구나무를 서 가며 건져 올린 사연들을 씨줄 날줄 설피창이로 엮어 고향으로, 고향으로 떠메고 가는 것 같았다.

새가 떠나버린 강가 풀밭에 냉이 꽃들이 지천으로 피었다. 냉이 꽃들은 어제 떠난 새들이 흘뿌린 눈물 같다. 바람에 흔들리는 풀줄기 하나 힘주어 당겨본다. 뿌리 끝에서 완강한 저항이 느껴진다. 바람 찬 물가에서 혹독한 추위를 견디고 서서, 떠나고 돌아오는 것들의 유혹을 참아내는 여리고도 강인한 목숨붙이들. 흔들리면서도 중심을 잃지 않는 저 풀들은 발부리에 얼마나 힘을 주고 있을까.

근원을 팽개치고 떠도는 철새가 유목민이라면 제 키의 다섯 배가 넘는 깊이까지 뿌리를 내리고 살아내는 풀은 토착민이다. 종잡을 수 없는 거리를 날아 먹이를 얻고 새끼를 건사하는 새들과, 불시착한 자리에 꿈을 파묻고 살아 있음의 의무를 완성해내는 풀꽃 사이에서, 떠나지도 머물지도 못하고 어정거리며 사는 인간이 수상한지 왜가리 한 마리 아까부터 갸우뚱한 물음표로 물 가운데 서 있다.

냄새

창덕궁 관람의 마지막 코스는 후문 가까이에 있는 늙은 향나무였다. 하늘로 치솟는 용의 형상이라는 향나무는 만고풍상을 견디느라 뒤틀리고 휘어진 채 가지를 낮게 늘어뜨리고 있었다. 수령이 칠백 년이 넘은 천연기념물이라는 말에 나무 곁에 바짝 다가선 촌로 한 사람이 코를 대고 벌름거렸다.

"근디 어째 향내가 안 난댜?"

함께 온 노인들 중 '이장님' 이라 불리는 사람이 손사래를 쳤다.

"아 이 사람아, 죽어야 나지. 산 나무는 냄새가 안 나는 벱이여."

시끌시끌한 촌로들과 한 조가 되어 안내인을 따라 다니는 일을 내심 달갑잖아 하던 내 머리통을 이장님의 한 마디가 뿅망치처럼 쥐어박는다. 과연! 고추와 마늘도 텃밭에 있을 때에는 매운 내가 덜 나고 복숭아나 사과도 칼을 맞은 다음에야 물씬하게 단내를 풍기지 않던가. 펄펄 뛰는 생선보다 한물 간 생선이 비린내가 심한 것도, 절정을 넘기고 시들기 시작하는 꽃들이 더더욱 맹렬하게 향내를 뿜는 것도 시간의 수인囚人들이 내지르는 소리 없는 아우성 때문일 것이다.

스러짐에 대한 저항, 존재의 마지막 안간힘 같은 것, 더 이상 만져질 수 없는 시간에 대한 탄원……. 냄새란 혹 죽음의 예감으로 풍겨내는 생명체의 절박한 항명抗命 같은 것 아닐까.

꽃씨

주머니 속에 무언가가 데굴거린다. 모서리가 닳은 조각달 모양의 씨앗들, 지난 가을 훑어 둔 나팔 꽃씨다. 공작국화 마른 줄기를 필사적으로 휘감고 버티던 보쌈 모양의 씨 주머니를 훑으며 미운 꽃도 없지만 미운 열매도 없구나 하는 생각을 했다.

손바닥 위에 오종종, 씨앗들을 앉혀본다. 작은 수제 폭탄 같은, 비밀 병기 같은 그것들을 손끝으로 톡톡 건드려본다. 씨앗들, 조용하다. 간질거리던 봄빛, 살랑이던 바람 냄새, 남보랏빛 환한 나팔소리까지, 기척 없이 여며두고 어떤 열망도 드러내지 않는다. 천 마디 말을 안으로 눌러 담고 단호하게 침묵하는 USB처럼.

한 자리에 붙박여 피고 지면서 꽃들은 스스로 터득했을 것이다. 멀리 가기 위해서는 존재를 최대한 응축시켜야 한다는 것을. 짧은 한 생으로 원하는 것을 다 움켜쥘 수는 없다는 것을. 꿈결에 만났다 얼결에 헤어진 점박이 나비를 다시 만나고 싶어 단속반에 쫓기는 노점

상처럼 꽃들은 서둘러 보퉁이를 쌌을 것이다. 삐거덕거리는 관절 위에 낙타처럼 몸무게를 얹어두고는 산맥도 바다도 건널 수 없어 다음 세상 건너갈 유전자 지도 한 장 야물게 말아 넣었을 것이다.

배낭을 걸메는 대신 배낭 안에 숨어 눈 감고 귀 막고 가쁜 숨 할딱이며 속으로만 두근두근 떨고 있을 첩자들을 주머니에 집어넣고 다시 천변을 걷는다. 검고 딱딱한 외피 안에 기소중지된 목숨을 담고 시간도 개입하지 못하는 무풍지대를 건너고 있는 씨앗들. 설렘과 떨림을 동시에 품고 때를 기다리는 꽃씨들을 지구 어느 모퉁이에 내려놓아 유예된 삶을 다시 잇게 할까.

길

길은 애초 바다에서 태어났다. 뭇 생명의 발원지가 바다이듯, 길도 오래 전 바다에서 올라왔다. 믿기지 않는가? 지금 당장 그대가 서 있는 길을 따라 끝까지 가보라. 한 끝이 바다에 닿아 있을 것이다. 바다는 미분화된 원형질, 신화가 꿈틀대는 생명의 카오스다. 그 꿈틀거림 속에 길이 되지 못한 뱀들이 용이 되지 못한 이무기처럼 왁자하게 우글대고 있다. 바다가 쉬지 않고 요동치는 것은 바람에 실려 오는 향기로운 흙내에 투명한 실뱀 같은 길의 유충들이 발버둥을 치고 있어서이다. 수천 겹 물의 허물을 벗고 뭍으로 기어오르고 싶어 근질거리는 살갗을 비비적거리고 있어서이다.

운이 좋으면 지금도 동해나 서해 어디쯤에서 길들이 부화하는 현장을 목도할 수 있다. 물과 흙, 소금으로 반죽된 거무죽죽한 개펄 어디, 눈부신 모래밭 한가운데서 길 한 마리가 날렵하게 튕겨 올라 가늘고 긴 꼬리로 그대를 후려치고는 송림 사이로 홀연히 사라질지 모른다. 갯벌이나 백사장에서 길의 흔적을 발견하지 못했다 해서 의

심할 일도 아니다. 첨단의 진화생물체인 길이 생명체의 주요 생존전략인 위장술을 차용하지 않을 리 없다. 흔적 없이 해안을 빠져나가 언덕을 오르고 개울을 건너 이제 막 모퉁이를 돌아갔을지 모른다.

식물이 지구상에 등장한 것은 4억 5천만 년 전, 초창기 식물의 역사는 물로부터의 피나는 독립투쟁이었다. 모험심 강한 일군의 식물이 뭍으로 기어오르는 데에만 1억 년이 넘는 시간이 걸렸다. 이끼와 양치류 같은 초기 이민자들이 출현한 후 3억 년이 지날 때까지 지구는 초록 카펫 하나로 버티었다. 꽃과 곤충, 날짐승과 길짐승이 차례로 등장하고 그보다 훨씬 뒤인 4, 5만 년 전쯤, 드디어 인간이 출현했다. 길이 바다로부터 나온 것은 그 뒤의 일, 그러니까 진화의 꼭짓점에 군림하는 현생인류가 번식하기 시작한 이후의 일이다. 길이 지구상의 그 어떤 생명체보다 고차원의 생물군일 거라는 주장에 반박이 어려운 이유다. 유순하고 조용한 이 덩굴 동물은 인간의 발꿈치 밑에 숨어 기척 없이 세를 불리기 시작했다.

생물이라는 말이 거슬리는가? 그럴 수 있다. 생물이 뭔가. 에너지 대사와 번식능력이 있는, 생명현상을 가진 유기체를 일컫는다. 산허리를 감아 봉우리를 삼키고, 집과 사람을 무더기로 뱉어내는 길이야 말로 살아 숨 쉬는 거대한 파충류다. 지표에 엎디어 배밀이를 하고

들판을 가르고 산을 넘는 길은 대가리를 쪼개고 꼬리를 가르며 복제와 변이, 생식과 소멸 같은 생로병사의 과정을 낱낱이 답습한다.

낭창거리는 아라리가락처럼 길은 내륙으로, 내륙으로 달린다. 바람을 데리고 재를 넘고, 달빛과 더불어 물을 건넌다. 사람이 없어도 빈들을 씽씽 잘 건너는 길도 가끔 가끔 외로움을 탄다. 옆구리에 산을 끼고 발치 아래 강을 끼고 도란도란 속살거리다, 속정이 들어버린 물을 꿰차고 대처까지 줄행랑을 치기도 한다. 경사진 곳에서는 여울물처럼 쏴아, 소리를 지르듯 내달리다가 평지에서는 느긋이 숨을 고르는 여유도, 바위를 만나면 피해가고 마을을 만나면 돌아가는 지혜도 물에게서 배운 것이다. 물이란 첫사랑처럼 순하기만 한 것은 아니어서 나란히 누울 때는 다소곳해도 저를 버리고 도망치려하면 일쑤 앙탈을 부리곤 한다. 평시에는 나붓이 엎디어 기던 길이 뱃구레 밑에 숨겨둔 다리를 치켜세우고 넉장거리로 퍼질러 누운 물을 과단성 있게 뛰어 넘는 때도 이때다. 그런 때의 길은 전설의 괴물 모켈레므벰베나 목이 긴 초식공룡 마멘키사우르스를 연상시킨다. 안개와 먹장구름, 풍우의 신을 불러와 길을 짓뭉개고 집어삼키거나, 토막 내어 숨통을 끊어놓기도 하는 물의 처절한 복수극도 저를 버리고 가신님에 대한 사무친 원한 때문이리라. 좋을 때는 좋아도 틀어지면 아니 만남과 못한 인연이 어디 길과 물뿐인가.

길들의 궁극적 목적지가 어디인가에 대해서는 아직도 확연하게 밝혀진 바가 없다. 사람의 몸에 혈 자리가 있듯 땅에도 경혈과 기혈이 있어 방방곡곡 요소요소에 모이고 흩어지는 거점이 있다는 말도 있고, 중원 어디쯤에 결집 장소가 있어 길이란 길이 모두 그곳을 향해 모여들고 있다는 소문도 있다. 길들이 모이고 흩어지는 사통팔달의 중심축에 마을이나 도시가 생겨나기도 하는데, 산 넘고 물 건너 마침내 입성한 길들을 위해 예의 바른 인간들은 건장한 나무를 도열시키고 번드레한 덧옷을 입혀주며 환대하기도 한다고 한다.

꿈과 욕망을 뒤섞고 본질과 수단을 왜곡시키는 도시. 도시에 오면 야성은 말살되고 감성은 거세된다. 살아 숨 쉬는 것들의 생기를 탈취하여 휘황한 빛을 풍겨내는 도시의 마성에 길들 또한 수난을 면치 못한다. 타고난 유연성을 잃고 각지고 억세어져 가로세로로 뒤얽히거나, 기괴하게 뒤틀린 채 비룡처럼 날아오르고 두더지처럼 땅속을 파고들기도 한다. 대도시 인근에는 비대해질 대로 비대해진 길들이 혈전에 막히고 동맥경화에 걸려 온갖 종류의 딱정벌레들에게 밤낮없이 뜯어 먹히는 광경이 심심찮게 목격된다. 타락한 길들이 도시와 내통하면 똬리를 틀고 주저앉아 분수없이 새끼를 싸지르기도 하는데, 젊고 모험심 있는 것들은 원심력을 이용해 도시를 빠져나가지만 병들고 고비늙은 것들은 옴짝달싹 못하고 영양실조에 걸려 변두리 어디쯤을 비실거리다 고단한 일생을 마감하기도 하는 모양이다.

무엇 때문에 길들은 이 도시에 와서 죽는 것일까. 무엇이 그들을 이곳으로 오게끔 유인하고 또 추동하는 것일까. 꿈의 형해처럼 널브러져 있는 도시의 길들을 내려다보고 있자니 머릿속 길들마저 난마로 엉켜든다. 탄식 같기도 하고 그리움 같기도 한 길, 섬세한 잎맥 같고 고운 가르마 같던 옛길들은 다 어디로 가버렸을까. 알 수 없는 무언가에 홀려 엉겁결에 여기까지 달려왔지만, 지쳐 쓰러지기 전까지 그들 또한 알 수 없었으리라. 결승점에 월계관이 기다리고 있는 것은 아니라는 것을. 길도 강도, 삶도 사랑도, 한갓 시간의 궤적일 뿐임을.

불뱀 한 마리 검은 강을 건너 구부러진 등뼈로 강변을 휘돈다. 일렁이는 빛의 꽃가루 사이로 기신기신 고개를 오르는 꽃뱀. 길이 헐떡인다. 퇴화된 근육이, 실핏줄이 쿨럭인다. 끊어졌다 이어졌다 위태롭게 깜박인다. 너무 빨리 내달리는 대신 꽃도 보고 별도 볼 걸, 오르막과 내리막을 더 천천히 즐길 걸, 키 작은 풀과 집 없는 달팽이에게 조금 더 친절을 베풀어 줄 걸, 그런 후회를 하고 있을까.

달동네 가풀막에 길 한 마리 엎드려 운다. 승천하는 길을 위한 조등 하나, 하늘가 별자리로 나지막이 걸린다.

개불

개불인지 개뿔인지 희한하게도 생겼다. 눈도 코도 없고 비늘도 마디도 없다.

길쭘하고 울퉁불퉁하고 맨송맨송 적나라한, 생김새도 살빛도 민망하고 역겹다. 나는 얼른 고개를 돌린다. 인간 참 대단해. 이런 것들까지 먹을 생각을 하다니.

"먹어봐. 소주 안주로 괜찮아. 쫀득쫀득하고 오돌오돌한 게 씹는 맛이 일품이라구."

일행 한 분이 실실거리며 개불 함지를 들여다본다.

횟집 아낙이 집게 끝으로 놈을 살짝 건드리니 흐물흐물하던 녀석이 빳빳하게 긴장한다. 소시지 같은 몸뚱어리 안에는 붉은 피만 가득 들어 있다지. 몸 전체가 감각기관이고 운동기관인 녀석은 물살이 없어도 저 혼자 살랑인다. 어떤 연출도 개입되지 않은 리드미컬한 생명의 율동, 움직거림이 곧바로 춤이 되는 경지, 이야말로 최상의 삶 아닌가.

단순한 몸뚱이의 개불을 보며 나는 생각이 복잡해진다. 진화가 덜 된 것인가. 진화의 첨단인가. 인풋 아웃풋 두 개의 구멍밖에 눈에 띄지 않는 홀가분한 실존이 부럽기도 하다. 단순하게 살라고 설득하지 않아도 단순하게 살 수밖에 없는 구조, 형식은 그렇게 내용을 결정한다. 어디 먼 명왕성 같은 별에서 불시착한 외계동물 같은 개불이 뻘 속의 부처인 양 단순하게 사는 법을 몸으로 가르친다.

?와 ! 사이

인생 뭐 있어?

젊은 한때를 그런 기분으로 살았다. 살아보지 않아도 다 안다는 듯, 어설픈 회의주의자로, 애늙은이로 살았다. 오만하고 게으른 청춘이었다. 삶이란, 유치부 아이들의 '색칠공부'처럼 주어진 경계 안에 무슨 색을 골라 칠할 것인가 정도의 자유밖에 주어지지 않은 것처럼 보였다. 아니면 누군가 나누어 놓은 조각들을 정해진 기한 내에 짜 맞추는 직소퍼즐 같기도 하였다. 한 칸 한 칸 메울 수야 있겠지만 아우트라인을 바꿀 수는 없을 거였다. 내 뜻과 상관없이 주어진 인생, 어차피 신의 손바닥 안이었다.

열정도 도전의식도 없이, 젊음의 푸르른 모퉁이를 청처짐하게 돌아 나온 다음에야 나는 비로소 이 불가해한 생이 조금씩 궁금해지기 시작했다. 일상이라는 평면 안에 얼마나 무수한 함정과 돌기들이 시치미를 떼고 숨어 있는지, 어둡고 밋밋한 생의 액정에 얼마나 다양한 화소들이 깜박이고 두근대며 살고 있는지, 뒤늦은 호기심이 생겨나기도 하였다. 구석에 숨고 뒷걸음질만 치던 나에게도 한줌의 광기와 시답잖은 열정이 숨어 있었음을 눈치 챈 것도 내 생의 시곗바늘이 삶의 영마루를 한참이나 지나쳐 온 다음의 일이었다.

적재된 에너지가 탕진될 때까지 혼신을 다해 소진해야 하는 것, 그것이 생명이라는 명분으로 이 땅에 던져진 존재들의 책무라는 것을 보도블록 틈새기에 오글보글 피어난 작은 꽃들이 일깨운다. 모양을 바꾸거나 경계를 지우지 못해도 최선을 다해 색을 고르고 정성을 다해 칠을 하는 일이 얼마나 처절하고 숭고한 패배인지도 통렬하게 와 닿는다. 아직도, 끝끝내, 사는 게 뭔지 알 수는 없어도 한 가지는 말할 수 있을 것 같다.

인생 뭐 …… 있어!

물음표와 느낌표, 그 두 부호 사이를 바장이는 지도 없는 여정. 어쩌면 그것이 삶인지도 모르겠다.

외로움이 사는 곳

어디에 숨어 있다 나타나는 걸까.

가끔 나는 그가 궁금했다. 몸 안에 유숙하는지 몸 밖에 서식하는지 그조차 도시 알 수가 없었다. 선천성 면역 결핍증 같은 것인가. 계절성 독감 같은 바이러스의 변종인가. 달빛처럼, 파파라치처럼, 은밀하게 감기고 엉겨 붙을 때는 바깥세상 어디에서 감염되는가 싶다가, 존재의 심연을 휘적거리며 소용돌이치듯 일어설 때면 몸 안 깊숙한 어디쯤에 도사리고 있는 것 같기도 하였다.

붐비는 인사동 거리를 걷고, 황금빛 슈무커 한 잔을 쨍, 소리 나게 부딪쳐보아도, 저물녘 강물을 옆구리에 끼고 올림픽대로를 끝까지 달려도, 끝내 그를 떨쳐낼 순 없었다. 왁자한 사람들 틈바구니에서조차 섬처럼 나를 유배시켜 놓는 그는 발각당할까 두려워서인지 숨소리조차 내지 않는다. 적인 듯 동지인 듯 아리송한 그에게 이제 나는 가끔 윙크를 보낸다. 적장의 애첩이 된 볼모 여인처럼 결국 그를 사랑하게 된 것일까.

엊저녁, 욕실에서 비누칠을 하다가 우연찮게 그의 은신처를 알아냈다. 무심코 돌아본 벽거울 속, 뭉게구름 화창한 등판 한가운데에 어스름한 그의 그림자가 보였다. 아무리 애를 써도 만져지지 않는 견갑골 등성이 아래 후미진 골짜기, 허리를 구부려도 어깨를 젖혀 봐도 내 손이 닿지 않는 비탈진 벼랑 외진 그늘막에, 출구를 찾지 못한 한 마리 짐승처럼 그곳에 내 외로움이 산다. 나 아닌 타자만이, 오직 그대만이 어루만져 줄 수 있는 한 조각 쓸쓸한 가려움이 산다.

신

고무신. 덧신. 털신. 나막신…….

발싸개의 이름이 왜 신인지 알겠다. 존재의 가장 밑바닥에서 존재의 무게를 떠받치며 겸허히 동행해주는 그를 신이라 불러도 틀리지 않으리. 가시떨기와 돌멩이와 사금파리 같은 것들로 거칠거칠한 바닥일수록 신의 존재는 불가결하다. 광야에서도 도시에서도 신 없이 세상에 나갈 수는 없다. 기도하는 사람들은 하늘을 우러러 손을 모으지만 신은 어쩌면 발바닥 보다 더 낮은 아래에서 우리의 행로를 주관하고 계시는지도 모른다.

무한 허공을 제 맘대로 휘젓고 다니는 새들에게 신은 오히려 거추장스러울 것이다. 네 발 달린 짐승에게도 신은 필요 없다. 천지간에 벌거벗고 수직으로 서서 오만하게 하늘을 대적하는 위태로운 두 발 짐승을 위하여, 땅에 뿌리를 내리지 못하고 천방지축 쏘다니는 철딱서니 없는 족속을 안전하게 접지接地시키기 위하여, 신은 기꺼이 우리의 발아래 내려앉기를 자처했을지도 모른다.

긁히고 찢어지고 닳아지더라도 신은 우리를 차버리지 않는다. 우리가 먼저 떠나지 않는 한 먼저 우리 곁을 뜨지도 않는다. 어느 날 갑자기 신을 내려놓고, 세상을 향한 문을 다 걸어 잠그고, 칠 년 동안이나 하늘과 마주 누워 생의 의미를 끈질기게 묻던 시어른의 침상에서조차 신은 떠나지 아니하였다. 발치 아래 다소곳이 엎드려 있다가 휠체어에 의존해 문을 나설 때마다 가만히 품어 영접해주던, 정결하고 겸손하고 인내심 많던 신. 신은 신神이다. 세상을 완전히 버리지 않는 한 끝내 그를 저버릴 수는 없다.

거미

그는 마법사다. 빈손으로 암벽을 타고 맨발로 하늘을 걷는다. 털끝 하나 움직이지 않고도 날아다니는 것들을 무시로 포박한다. 마음만 먹으면 새 둥지보다 더 높이, 하늘 가장 가까운 첨탑에서 번지 점프를 할 수도 있다.

구석진 기둥이나 이파리 사이에 먹줄 하나 야물게 이겨 붙이는 일로 마법과도 같은 그의 그물 짜기는 시작된다. 무한 허공 한구석을 사각사각 도려내고 투명한 은실로 짜깁기해 걸어두는, 그는 타고난 설치미술가다. 나침반도 설계도도 필요치 않다. 자재나 연장을 지참하지도 않는다. 몸 안 진액을 몸 밖으로 방사하여 외가닥 길을 이어 붙이는 그는 길이란 본디 존재의 궤적, 사는 일 또한 허공에 길을 내는 아득한 노정이라는 것쯤 일찌감치 알고 있는 눈치다.

하루살이 떼가 지나는 길목 어귀에서 그는 하늘을 올려다본다. 이파리와 가지 사이, 기둥과 벽 사이를 눈대중으로 어림해보다가 아침 햇살 한 모숨과 저녁 달빛 한 자밤을 배 안 점액질에 고루 섞어 치대어 놓는다. 형이상의 질료로 형이하의 물상을 창조해낸다는 점에서 그의 집짓기는 예술에 가깝다. 소낙비와 우박에도 무너지지 않는 견실한 집을 지으려면 비껴 나는 왕잠자리의 하중이나 먹장구름의 난동 따위도 계산에 넣어야 한다.

스카프처럼 펄럭이는 집이 이윽고 완성이다. 낭창낭창, 숨 쉬는 집이다. 강철보다 다섯 배는 강하고 나일론보다 백배는 질긴 이 마법의 그물은 어떤 가위로도 나뉘지 않고 어떤 바늘로도 봉합되지 않는다. 함부로 얕잡고 달려들었다가는 얼기설기한 피륙에 감겨 보쌈을 당하거나 송두리째 생포되어 곤욕을 치르기 일쑤다.

끈끈이풀이 묻지 않은 세로줄로만 그는 조심조심 골라 디딘다. 이제부터는 구석지에 웅송그리고 죽은 척 잠복해 있어야 한다. 힘 센 앞발도, 날카로운 뿔도, 사나운 송곳니도 배당받지 못한 목숨붙이들에게 약육강식은 생존의 문법이 아니다. 내 목숨 보존코자 남의 목숨 공략하는 불한당 노릇도 아무나 할 수 있는 게 아니다. 살고 죽는 건 하늘의 뜻, 걸리면 먹고 안 걸리면 굶는다. 세상만사 어쩌면 운수소관 아니던가.

새소리와 달빛과 바람은 그냥 지나가라. 사소한 걱정도, 불온한 희망도, 밤새 증식하는 그리움도 연기처럼 빠져나가 버려라. 오로지 선잠 깬 잠자리 하나, 시건방진 말벌 하나, 술 취한 방아깨비 하나, 눈은 장식으로나 달고 다니는 겉멋 든 호랑나비 한두 녀석만 싱싱하게 걸려들라.

실수로 발이 빠진 밀잠자리며 사랑에 홀려 앞뒤 분간 못하는 불나방들을 그는 쓸데없이 동정하지 않는다. 그런 것들까지 배려할 가슴이 없다는 것이 그에게는 차라리 다행스런 일이다. 그의 신체구조는 머리와 가슴이 따로따로인 여타 족속들과는 달리 머리와 가슴이 합체된 두흉부頭胸部라는 통합사령부로 진화되어 있다. 이성과 감정의 갈등 같은 사치스런 소모전은 치르지 않아도 된다는 뜻이다. 실제, 만물의 영장이라 잘난 체하는 어떤 동물은 불과 삼십 센티미터 상간의 머리와 가슴이 시시때때 다퉈대는 바람에 일생을 괴로움 속에 허우적거린다 하던가.

어둠이 슬어놓은 이슬방울들을 그가 조심스레 털어내고 있다. 찢어진 나방이 날개와 썩은 나뭇잎들도 말끔하게 걷어낸다. 남은 일은 기다림뿐. 아무것도 하지 않고 때를 기다리는 것도 생명체의 중요한 행동양식이다. 그가 다시 모퉁이로 돌아간다. 집착도 욕망도 다 내려놓고 신의 가호를 축수해 보지만 우연에 기대는 삶이 어쩐지 불안하다.

아래채 녀석이 앞발을 구르며 무당벌레 한 마리를 도르르 말고 있다. 모처럼의 횡재에 신명이 난 모양이다. 공들여 그물을 짰다 하여 먹잇감이 몰려오는 게 아니듯, 오래 참고 기다린다 해서 상응하는 보상이 주어지는 건 아니다. 불공평과 불합리를 받아들일 때 사는 일이 더 수월할 것이거늘. 그가 골똘히 바닥에 엎드린다. 분꽃 씨앗 같은 몸통 위로 푸른 바람이 스쳐간다.

진땀

습하고 뜨거운 기운이 등줄기에 훅, 끼친다. 갑자기 덥다. 정수리가 홧홧하고 잔등에 눅눅한 진땀이 밴다. 요즘 가끔 이런 증상이 스친다. 우울하고 불쾌하고, 자고 나면 아픈 데가 생겨나기도 한다.

병은 아니라고, 늙느라 그런다고, 그러다 저러다 지나간다고, 선배들이 이야기한다. 칼슘제와 혈액순환 개선제, 몇 가지 비타민을 복용하는 친구도 늘어났다. 건강 이야기가 어느 모임에서건 빠지는 법이 없듯, 숨쉬기 운동밖에 안 하는 나는 어디에서건 야만인 취급을 받는다.

야만을 벗어보려 저물녘 가을 천변을 걷는다. 머리 젖은 억새들이 은빛으로 일렁인다. 바람이 불적마다 휘청 쓰러졌다 주섬주섬 다시 일어서는 풀들. 푸른빛이 막 사위기 시작한 초가을 풀들을 바라보고 있으려니 눈가가 핑그르, 실없이 젖어든다.

아, 이것들도 따가운 가을 햇살에 제 몸을 말리고 있구나. 삽상한

듯 냉혹한, 생기를 거두어가는 바람 앞에서 하릴없이 누웠다 일어났다 하면서 몸 안의 진액을 증발시키는 중이구나. 축축한 물기 다 발산하고, 촉촉한 감성 모두 반납하고, 그렇게 메마르고 가벼워져서 아득하고 아찔한 고요의 깊이에 당도하는 일, 그것이 목숨이 치러내야 할 준열한 절차요 생명의 궁극적 귀착점인 거구나.

삶은 농담 같은 진담, 목숨은 예외 없는 필패必敗. 그보다 더 쓸쓸한 일은 무심한 척, 쾌활한 척 살아야 한다는 것이다. 아무것도 모르는 척, 아무렇지 않은 척, 속으로만 진땀을 흘려야 한다는 것이다. 사는 일의 시름과 덧없음마저 춤으로 환치할 줄 아는 저 가을 억새들처럼.

발톱 깎기

또깍 또깍…….

발톱 깎는 소리가 방안을 울린다. 분주한 일상, 발톱 깎는 시간만큼 오롯한 시간도 없다. 바람은 고요의 바닥을 훼치고, 창밖엔 어린 별들이 글썽거린다. 기다릴 사람도 그리운 사람도 없는 저녁, 신경은 발톱 끝에 집중되어 있다. 적막한 공간에 파종되는 소리, 소리들……. 무슨 씨앗 같기도 하고 섬세한 금은세공품 같기도 한 파적破寂의 음향이 시간의 고즈넉한 결 위에 미세한 족적을 남기고 사라진다.

손톱은 몇 주에 한 번 깎고 발톱은 몇 달에 한 번 깎는다. 손톱이 발톱보다 빨리 자라는 건 손가락이 발가락보다 부지런해서가 아니다. "손톱은 슬플 때 자라고 발톱은 기쁠 때 자란다"● 던 시인의 통찰이 백번 옳다. 냄새나는 양말 속에서, 음습한 신발 속에서, 깜깜한 이불 속에서 발톱은 야금야금, 마디게 자란다.

바닥에 흩어져 있는 각화된 편린들을 조심스럽게 쓸어 모은다. 조금 전까지는 나의 일부였으되 이제는 나와 무관해진 것들. 버림받은 것들은 매양 날카롭다. 그것들은 이제 내 의지와 상관없이 지구 어느 모퉁이에 내려앉아 소리도 없이 풍화되어 갈 것이다. 저를 버리고 돌아앉은 인정머리 없는 몸뚱이를 이따금 한 번씩은 그리워하기도 하면서.

정갈해진 발톱 위에 초록빛 페디큐어를 정성스럽게 바른다. 몸의 가장 낮은 변방, 숨죽이고 사는 것들도 가끔은 이렇듯 애초롬한 순간이 있어야 견디리. 반짝반짝. 발톱들이 빛난다. 땅 끝 마을 지붕 위 초록별들이 불을 켠다.

●시인 김경환의 「손톱은 슬플 때 자라고」 중에서

봄

필동 말동 주춤거리던 꽃들이 며칠 사이 흐드러졌어. 꽃들도 사람을 닮아 가는지 순서도 잊고 만화방창이야. 밤사이 어떤 신이 지구를 뻥튀기 기계에 넣고 '뻥이야!' 하고 튀겨낸 것 같다니까. 두릅나무도 새 순을 내고 마늘밭에도 푸른 싹이 돋았대. 흐드러진 꽃들을 바라보면서 '봄이야 봄…….'이라고 혼잣소리로 주절거려보다가 모니터 화면에 큼지막하게 '봄'이라고 써넣어 보았어. 사는 동안 사랑하고 애착한 것들을 위해 어쭙잖은 헌사라도 바쳐야 하지 않을까 하는 생각이 얼마 전부터 들기 시작했거든.

빈 화면에 홀로 나앉은 '봄'을 오도카니 바라보고 앉았노라니 몸에 뿔 두 개 난 게 봄 아니냐던 어느 시인의 말이 생각나는 거야. 그러고 보니 그러네. 인생의 봄이라는 사춘기 시절엔 내 몸에도 봉긋이 뿔이 솟았을 거야. 시인이란 정말 눈 너머 눈을 가진 사람이라니까.

여고 때였나. 비 오는 수업시간, 창밖에서 들리는 빗소리를 들으

며 그때도 그렇게 비 우雨 자를 무심히 써본 기억이 있어. 雨 雨 雨 ……. 교실 창 밖, 사선으로 휘몰아치는 빗줄기의 경사가 글씨 속에 그대로 비쳐 보이더군. 우우우 하는, 젖은 바람소리까지 글자 안에서 들려오는 것 같고 말이야. 그래 다시 '봄'이라고, 붙여 써보았어.

봄, 봄봄, 봄봄봄……. 그랬더니, 봐. 작은 병아리 떼나 새끼제비 같은 것들이 되똑하니 모여앉아 무언가를 바라보고 있는 것 같지 않아?

그래, 봄이야, 봄. 봄(見, seeing)이라고! 봄에는 그저 '봄'만 할 일이야. 나무처럼 안으로 나이를 감추고 봄 햇살 속으로 '봄' 하러 가야겠어. 느껴야 할 때 생각하고 생각해야 할 때 느끼는 얼간이 맹추 노릇 집어치우고 말이야. 생명이 절정의 아름다움을 향해 나아갈 때에는 가던 길을 멈추고 바라봐 주어야 해. 그것이 생명의, 생명에 대한 예우야. 보고 또 보고 더 이상 볼 게 없다 싶어지면 감추어 둔 뿔 꺼내 얹고 세상을 멋지게 들이받아 볼 거야. 제 심장을 꼬챙이에 꿰어 어디론가 날아가는 저 새처럼 말이야.

술과 차

술은 차게 마시고 차는 뜨겁게 마신다. 찬 술은 가슴을 뜨겁게 데우고 뜨거운 차는 머리를 차갑게 식힌다. 술은 기분을 끌어올리고 차는 마음을 가라앉힌다. 집 나간 마음을 불러들여 마주 앉고 싶을 때엔 조용히 앉아 차를 마시고, 웅어리진 마음을 풀어헤쳐 숨통을 틔우고 싶을 때는 여럿이 어울려 술잔을 기울인다. 술과 차는 따르는 법도 다르다. 천차만주淺茶滿酒, 술잔은 그득히 채워야 하고 찻잔은 얕게 따라야 한다.

술과 차는 섞이지 않는 친구, 둘 다 인생의 여백을 함께 해주고 소통을 거드는 역할을 한다는 점에서 비슷하게 사교적이지만 한 상에서 화친하기는 쉽지 않은 것 같다. 같은 꽃밭을 날아도 인사 한번 건네는 법 없이 데면데면한 벌과 나비처럼.

술은 물로 된 불, 차는 불로 우려낸 물이다. 물과 불이 화합하지 않고는 제대로 된 맛을 우려낼 수 없는 차와는 달리, 술이 물이나 불을 만나면 이 맛도 저 맛도 아닌 맹탕이 되어버린다. 술에 취하면 물불을 못 가리지만 물을 잘 가리고 불을 잘 다스려야 차향에 온전히 취할 수 있다.

그림자

몸 안에서 비어져 나온 그림자가 발치 아래 잘팍 엎질러져 있다. 발목에 휘감긴 채 언틀먼틀 눌러 붙은 그림자를 멈추어 서서 오래 바라본다. 안녕? 친구……. 빛깔도 향기도 없는, 눈도 코도 없는 익명의 정령에게 얼쯤하게 인사를 건넨다. 도시 복판을 막막하게 서성일 때, 떠나온 곳도 가야 할 곳도 잃어버리고 신의 행방마저 묘연하던 그때에도 그림자는 나를 떠나지 않았다. 전봇대보다 큰 키로 서서 성큼성큼 나를 안내해 주었다.

오늘은 내가 그림자를 호위한다. 그림자는 수평으로 땅 위를 순찰하고 나는 수직으로 햇살을 막아선다. 그림자는 나를 거느리고 나는 그림자를 보필한다. 그림자가 대장, 나는 졸개다.

인간은 정신과 육체, 그리고 그림자로 되어 있다. '빛의 직진성으로 인해 통과할 수 없는 물체에 막혀 생기는 어두운 부분'이라는 그림자의 정의는 그러므로 틀렸다. 게릴라처럼 몸 안으로 침투해 온 광선에 의해 광포하게 유린되어 몸 밖으로 쫓겨난, 그림자는 유민이다. 내 안의 어둠, 내 존재의 그늘이다.

몸에서 추방당한 그림자들이 대기 중에 떠도는 빛의 입자를 잡아먹는다. 햇살이 그늘에 빨려들고 어둠이 성큼 일어나 걷는다. 어디선가 밤이 출력된다. 그림자들은 서둘러 몸 안으로 복귀한다. 내 키보다 곱절이나 큰 어스름이 어떻게 몸 안으로 저를 구겨 넣는지 아직도 나는 알지 못한다.

어둠 속에서, 도시는 다시 형형색색 피어난다. 쏟아지는 불빛을 감당하지 못하고 쉴 곳을 찾지 못한 그림자들이 떼 지어 거리를 쏘다니며 봉기한다. 산더미 같은 어둠으로도 알전구의 불빛 하나 박멸하지 못하는 밤, 복무 기간이 길어진 그림자가 지르퉁하게 푸념을 뱉는다.

"어둠으로 빛을 가릴 수는 없어. 빛은 빛으로, 더 밝은 빛으로 밖에 가릴 수가 없는 법이거든……."

바닥

바닥이 있다는 것은 좋은 일이다.
앉고 서고 걷고 뛰고, 지친 몸뚱이를 뉠 수 있는 바닥
넘어져도 다시 일어날 수 있는 것은 짚을 바닥이 있어서이듯
추락에도 끝이 있다는 위안도 바닥이 있기에 가능한 일이다.
바닥도 없는 천 길 나락, 무저갱의 공포가 지옥 아닌가.
바닥에 있는 이여, 바닥에서 울다 잠들어버린 이여,
일어나라.
일어나 정신을 가다듬고 몸을 추슬러 날든지 구르든지 하라.
바람도 바닥을 구르는 것들을 부축해 날아오르게 한다.

시간도둑

흔전만전하던 시간들, 다 어디로 가버렸을까.

괘종시계가 대청마루에서 터줏대감 노릇을 할 때만 해도 시간에 그리 쫓기지는 않았다. 순둥이 백구와 한나절을 놀고, 감나무 밑에서 소꿉놀이를 해도 해는 여전히 중천에 있었다. 할머니의 이야기보따리가 나달나달해지고, 나달나달한 스웨터에서 풀어낸 털실로 언니들이 밤새 속바지를 떠도, 그 시절 겨울밤은 길고 길었다.

시간이 귀해지기 시작한 것은 시계가 흔해지고 나서부터다. 시계는 시간 도둑, 시간의 천적이다. 시간을 계량하는 게 아니라 시간을 훔치고 잡아먹는다. 시계들이 기하급수적으로 새끼를 쳐서 부엌에도 책상에도 손목 위에도 크고 작은 변종들이 범람하기 시작하면서부터 시간이 귀해지지 시작한 거다. 먹잇감은 일정한데 개체수가 증가하니 모자라 아우성을 지를 수밖에.

거실에 걸린 벽시계가 길고 짧은 팔을 휘저으며 허공중에 떠다

니는 시간의 알들을 잡아채 간다. 기다랗게 늘어진 시간의 성충은 여물 썰듯 썽둥썽둥 썰어 삼킨다. 탁상시계도 들키지 않으려고 가만가만 어금니를 똑딱거린다. 텔레비전이나 컴퓨터, 휴대폰 속에 내장된 녀석들은 훨씬 음험하고 지능적이어서 씹는 소리조차 내지 않는다. 사람들이 잠들거나 한눈을 파는 사이, 두 눈 뜨고 번연히 지켜보는 코앞에서, 시간은 끊임없이 강탈당한다. 나뭇결처럼 따스한 시간들, 놓치고 싶지 않은 순간의 기억들이 시계 속 숨겨진 이빨 사이에서 부스러지고 잘게 갈려 삼켜지고 사라진다.

춤

사방이 돌담으로 막혀 있는데 어디로 넘어들어 온 것일까. 작은 마당에 바람이 한 삼태기다. 얼크러진 산국과 허리 휜 소나무, 조팝나무와 맥문동들이 저마다 바람을 안고 스텝을 밟는다. 샤방샤방. 한들한들. 생김새만큼이나 춤도 각각이다. 바람이 가지를 흔드는가. 가지가 바람을 일으키는가.

나풀대는 춤꾼들을 바라보고 있자니 푸념이 절로 새어 나온다. 춤추지 않는 것은 나뿐이로구나.

"저 여자의 심장은 납덩이나 놋쇠로 만들어져 있을 거야."

솔가지들이 두런거린다.

"영혼의 근육을 들어 올리지 못하면 날아오를 수 없는 법이야."

산국들도 그렇게 속살거린다.

춤추는 신만을 사랑하리라던 차라투스트라와, 모래밭이 파이도록 비상의 춤을 추던 조르바를 떠올리면서도 나는 춤을 추지 않는다. 춤을 출 줄 모른다. 바람 따위가 나를 흔들지 못하리. 그런 오만 때문일지도 모른다.

작은 새의 깃털처럼 로미오의 품으로 사뿐히 내려앉던 슈투트가르트의 강수진을 생각한다. 종잇장 한 장의 무게도 안 될 만큼 가벼워 보이던 여자, 샤갈의 그림 속에서 이제 막 튀어나온 듯한 여자는 허공에 부양된 채 무대 위를 떠다녔다. 그의 춤을 보고 있는 동안 하얗게 표백되어 떠 있는 눈앞의 물체가 육신을 벗어버린 영혼의 현신인지 영혼이 빠져나간 허깨비육신인지 자주자주 헛갈렸다.

오디오에서 노래가 터져 나온다. 창가에서 모시커튼이 펄럭거린다. 커튼을 흔드는 게 바람일까 노래일까. 아니면 삼라만상에 춤이 들어 있는 건가. 취한 것들 속에서 취하지 않고 춤추는 것들 속에서 춤출 줄 모르는 나. 딱하구나. 춤은 몸의 시, 시의 몸인 것을.

'일어나 봐. 세상이 너를 흔들지 못하면 네가 세상을 흔들어야지.

바닥을 구르며 울부짖는 자들을 일으켜 세우는 저 바람처럼 말이야. 춤이 별거야? 네 안 깊은 곳에 갇혀 사는 신명에게 바람 한번 시원하게 쏘여주는 일이야.'

나는 천천히 팔을 휘젓는다.
내 심장은 새가 된다.

하느님의 손도장

동네 미용실에 새 아가씨가 왔다. 배꼽티에 아슬아슬한 미니스커트, 검은 롱부츠 차림으로 좁은 미용실 안을 종횡무진 누빈다. 거기까지는 괜찮다. 피어싱을 한 배꼽 언저리에 달랑거리는 반짝이 액세서리가 자꾸 신경을 건드린다. 손님의 대부분이 여자인데다 나 또한 같은 여자인데도 공연히 민망하고 곤혹스러워 의자에 앉자마자 질끈 눈을 감아버렸다.

눈을 감고 생각하니 좀 우습다. 배꼽이 어쨌다고, 왜 민망해 하는가. 부끄러워 꼭꼭 숨겨두어야 할 만큼 무슨 죄라도 졌더란 말인가. 생각해 보니 인간의 신체에서 배꼽처럼 점잖은 구석도 없다. 웃지도 않고 소리 내지도 않고, 눈물을 흘리거나 게걸스레 음식을 삼키지도 않는다. 아프다고 칭얼대지도, 무엇이 그립다고 보채는 법도 없다. 옛 우물처럼, 분화구처럼, 배꼽은 그저 고요히 있다.

배꼽은 시원始原의 흉터, 임무가 종료된 과거완료의 매듭이다. 우리 생애 최초로 치러 낸, 서럽지도 않은 이별의 흔적이다. 빛바랜 유공훈장같이, 잊혀진 먼 나라의 기념 배지같이, 꾀죄죄한 행색으로 물러 있긴 하지만 그렇다 해서 배꼽을 그저 과거의 업적이나 우려먹는 퇴역장군 정도로 치부하는 건 결례다. 배꼽 없는 배란 눈금 없는 저울과 같아서 상상만으로도 매가리가 없고, 배꼽을 중심으로 상반신 하반신을 구분하기도 하니 배꼽이야말로 사대육신의 복판에 찍힌 화룡점정의 방점이 아닌가. 배꼽이 해부학적으로 신체의 무게중심에 해당되는지 아닌지는 알 수 없지만, 심신의 정기가 모이고 흩어지는 단전丹田의 랜드 마크로서 배꼽은 아직도 어엿한 현역이다.

배꼽은 살아 있는 전설이다. 그것은 어느 한 시절, 한 생명체가 다른 생명체의 내부에 온전히 의존적으로 착생하여 존립하였음을 입증하는 유일무이한 증표다. 신체의 다른 어떤 기관도 한 개체와 다른 개체가 한 줄의 끈으로 긴밀하게 연결되어 있었음을 명쾌하게 설득하지 못한다. '신은 가시면서 배꼽 위에 어머니를 조금 남겨두고 가시었으니'라는 김승희 시인의 시구대로, 배꼽은 우리가 어느 날 하늘에서 뚝 떨어진 목숨이거나 컨베이어벨트를 타고 줄줄이 생산된 물건이 아니라는 사실을 성스럽게 각인시킨다. 내 배꼽에서 어머니의 배꼽으로, 어머니의 배꼽에서 할머니의 배꼽으로……. 홀 맺힌 끄트머리를 조심조심 풀어 인연의 탯줄을 거슬러 오르면 생명의 원류에 도달할 수 있을까. 저 하늘 너머 우주의 배꼽까지 당도할 수 있을까. 최초의 어머니 이브에게도 배꼽이 있었는지 알 수는 없지만 배꼽은 어쩌면 생명 탄생과 성주괴공成住壞空의 이치까지를 함구하고 있는 비밀스런 입술일지도 모른다.

배꼽은 혐광성이다. 지갑 속 고액수표처럼, 화분 속 쥐며느리처럼, 배꼽은 햇빛을 좋아하지 않는다. 우리가 애써 숨기기도 전에 그것은 스스로 부끄럼을 타서 뱃살 깊숙이 숨어버렸다. 인간이 아닌 다른 포유류의 배꼽은 더 깊이 숨는다. 태어나 얼마 지나지 않아 피부 안으로 말려들어버리는데다 직립 보행이 아니다보니 눈에 얼른 띄지도 않는다. 과일의 배꼽도 마찬가지다. 사과나 배 같은 과일의 배꼽은 꼭지의 반대편, 꽃받침이 붙어 있던 자리를 일컫는데 이 또한 블랙홀처럼 중심축 안으로 빨려 들어가 있다. 어느 봄날 꽃이 피었고, 암술과 수술이 가려운 데를 부벼댔고, 그리하여 닿은 자리가 부풀어 올랐음을, 시든 꽃자리가 수줍게 증언한다. 지나버린 사랑의 흔적이, 들키고 싶지 않은 지난 봄날의 정사情事가 부끄러워 배꼽은 그렇게 필사적으로 숨고 싶어 하는지도 모른다.

프랑스의 디자이너 루이 레아가 비키니를 처음 선보였던 제2차 세계대전 이후까지, 배꼽을 노출시킨다는 것은 서구사회에서조차 상상할 수 없는 외설이었다. 전후의 미국 영화에서조차 배꼽 노출은 가슴 노출보다 더 큰 이슈였다. 배꼽이 빛을 쏘이게 된 것이 생각보다 오랜 일은 아니라는 이야기다. 하지만 이제 배꼽은 저 능청스런 인도 철학자 오쇼 라즈니쉬가 유쾌하게 능멸한 대로, 누워서 감자 먹을 때 찍어먹을 소금이나 덜어두기 위한 곳은 아니다. 배꼽티에 배꼽찌에 배꼽 성형까지, 젊은 여성들의 섹시 아이템으로 당당하게 등극해 버렸다. 배꼽의 반란, 아니 배꼽의 도발이다.

어깨에 내려앉은 내 머리카락을 미용사가 탁탁 소리 내며 털어낸다. 나는 가늘게 실눈을 뜨고 시들어 떨어진 꼭다리 같은 그네의 배꼽을 곁눈질한다. 한때 꽃이 피었다네, 한때 사랑이 있었다네 라고, 배꼽이 가만히 고백성사를 한다. 그 꽃의 이름은 남녀상열지화男女相悅之花, 그러한즉 사람이란 남녀상열지과男女相悅之果란가.

미용실 창밖으로 무심히 오가는 사람들이 보인다. 몸 한가운데 해독불능의 상형문자를 화인처럼 깊이 새겨두고도 아무렇지 않게 활보하는 사람들. 배꼽은 어쩌면 삼신할미가 볼기를 찰싹 쳐 세상 밖으로 내치는 순간, 간절한 마음으로 눌러 찍은 신의 마지막 무인拇印 같은 게 아닐까. 불신과 편견이 가득한 지상을 향해 떨어져 내리는, 털도 없고 비늘도 없고 사나운 뿔도, 날카로운 이빨도 갖추지 못한 천둥벌거숭이가 걱정스러워, 신은 그렇듯 복부 한가운데에 '㊙' 자나 '㊚' 자와 같은 보증의 손도장을 마침표 삼아 꾸욱, 누르셨을 것이다. '메이드 인 헤븐'에 불량품은 없을 터, 그대 이제 아시려는가. 꼭지 떨어진 낙과처럼 땅위를 구르는 우리 모두, 까다로운 검품과정을 너끈히 통과해 낸 천상의 특제품들이라는 사실을.

계란

시골 조카가 계란을 가져왔다. 토종닭에서 얻은 유정란이라 했다.

바쁜 아침, 간단히 프라이를 하거나 라면에 깨뜨려 넣기도 하고, 저녁반찬이 허술하다 싶을 때면 뚝배기에 깨 넣어 뭉근하게 찜을 하기도 하는 계란은 냉장고 속 비상식량이요 빠뜨릴 수 없는 부식거리다.

그런 계란이 살아 있는 생명체라는 사실을 나는 자주 잊고 산다. 살아 있음이 분명한 생물이건만 살아 있음의 기미도 증거도 없다. 눈도 코도 없고, 털도 비늘도 없다. 꿈틀거리지도 않고 시끄럽게 짖지도 않는다. 가까이 다가가도 도망가지 않고 깨뜨려도 반항하지 않는다. 둥글리면 둥글리는 대로, 깨뜨리면 깨뜨리는 대로, 프라이팬 위에서건, 끓는 물속에서건 한 점 먹거리로 저항 없이 순교한다.

> 나는 보았다
> 사흘 동안 품겼던 달걀 속에서
> 티끌 같은 심장이 뛰고 있는 것을
>
> — 피천득 시, 「생명」 중에서

살아 있음에도 살아 있음의 증거를 찾을 수 없는 그것도 따스하게 '품기면' 살아 있음의 증거를 내보인다. 심장이 뛰고 날갯죽지가 생겨나고 삐약삐약 소리도 한다. 살아 있는 것을 살아 있게 만드는 최고의 묘약이 사랑의 온기라는 것을 이 조용한 생명체는 침묵으로 시위하고 있는 것이다.

이 또한 지나가리니

마음

선운사 가는 길, 물길과 사람길이 다정하게 휘어간다.

불심 깊은 골짜기에서는 돌도 키가 자라는가. 골짜기 여기저기에 크고 작은 돌탑들이 저마다 키를 세우고 있다. 누군가 심심파적으로 쌓아본 것을 너도 나도 따라 쌓았을 것이다. 큰물이 지면 중생들의 염원까지 휩쓸려 내려갈까, 층층으로 마음을 이고 선 탑들이 휘적휘적 개울을 건너고 있다.

동백도 꽃무릇도 없는 계절에 먼 도량을 찾아든 것은 얼기설기한 잡념들을 비워보고 싶은 마음에서였다. 물처럼 흐르고 불처럼 타오르고 총알처럼 날아가 누군가의 심장에 박히기도 하는 마음. 마음이라는 애벌레는 몸 안 깊숙이 숨어 살면서 수시로 몸 밖을 기웃거린다. 말에, 표정에, 물건에, 돈 봉투에, 무심한 바윗돌에 스며서라도 어떻게든 몸 밖으로 빠져나오려 한다. 마음을 매어두는 고삐도 마음이요 마음을 움직이는 지렛대도 마음이지만 마음만큼 마음대로 움직여지지 않는 것도 없다. 고이고 흐르고 출렁이고 쏟아지고, 뜨겁게 끓어올랐다 차갑게 얼어버리기도 하는 마음은 엎질러지고 나면 주워 담기도 어렵지만 비우고 싶다 하여 비워지는 것도 아닐 것이다.

길가 바위 위, 암팡진 삼각돌 위에 돌멩이 몇 개가 아슬아슬 얹혀 있다. 치마를 펼치고 보퉁이를 인, 수더분한 아낙 형상의 탑이다. 무슨 기다림이 그리 깊어 마음을 머리에 이고 대책 없이 고샅을 내다보고 있는가. 돌 위에 돌을, 마음 위에 마음 하나를 보태 얹고 나도 사붓사붓 산길을 오른다.

하심下心이니 방하착放下着이니 하는 말들은 집착하는 마음을 내려놓으라는 뜻일 텐데 산문山門에 들어서조차 마음을 머리꼭대기에 받쳐 올리려 하다니. 마음을 비우기는 애당초 틀렸다. 도량을 휘도는 길섶에다 발자국이나 내려놓고 가야지. 어차피 내려놓지 못할 바에야 마음도 바둑돌처럼 놓고 싶은 자리에나 놓을 수 있게 해달라고 우격다짐으로 빌어나 보고 갈까.

홍차 우리는 시간

싸리꽃이 그려진 청화 다관에 끓는 물을 붓는다. 다관 뚜껑을 살며시 닫고 장구통 모양의 모래시계를 재빨리 뒤집어 놓는다. 르네 펠트 사에서 나온 이 유리시계는 3분으로 맞추어져 있는데, 파랗고 고운 액상의 입자들이 위에서 아래로 떨어지는 대신 아래에서 위로 올라붙게 되어 있다. 정교하게 떠오르는 입자들을 지켜보며 섬세한 무늬가 아로새겨진 은제 스트레이너를 포트 위에 가만히 받쳐 놓는, 이 사소함이 나는 좋다. 육신의 허기가 아닌 정신의 사치를 위한 시간, 차를 우리고 마시는 일은 신의 영역을 넘보는 행위 아닐까. 건더기가 아닌 향기를 향유하는 일은 신들이나 하는 식사법일 테니.

모래시계가 멈춘다. 움직이던 것들이 갑자기 멈출 때, 세상은 일시 고요해진다. 청각의 시각화, 아니 시각의 청각화인가. 시끄러운 곳에서는 향내가 덜 나고 어둠 속에서 소리가 더 잘 들리는 것, 이상한 일이다. 본디는 한 덩어리였을 감각을 분별하기 좋아하는 인간들이 멋대로 나누어 두었는지도 모르지만.

따뜻한 물로 헹구어낸 찻잔에 조심스럽게 차를 따른다. 차를 가장 맛있게 끓이려면 마지막 인연이라는 마음으로……. 맞는 말이다. 얼레에 매인 연처럼 바깥으로 나풀거리는 마음을 꿇어앉혀 차 한 잔 곡진히 대접하는 시간, 이 시간만큼 내가 하고 있는 행위에 온전히 집중하는 시간도 드물다. 찻물 가장자리에 어리는 투명한 호박빛, 깊고 부드러운 다즐링 향에 몸과 마음이 그윽하게 포개진다. 찌꺼기는 남겨두고 향기만 담아내는 찻잔 안의 찻잎처럼, 그렇게 우려지고 걸러질 수 있다면 한 생이 덧없지만은 않을 것 같다. 누군가 지금 아득히 먼 곳에서 내 생의 모래시계를 엎어놓고 시간을 재고 있다 할지라도.

이 또한 지나가리니

에릭 사티의 '그노시엔느'를 진종일 듣는다. 취하지 않는 술처럼 밍밍한 음악, 슬프지도 않고 장중하지도 않다. 같은 공간에 있어도 저는 저대로 나는 나대로, 서로를 의식하지 않는 친구처럼, 음악은 음악대로 나는 나대로, 연일 그렇게 동거중이다.

지치지도 않고 내 일상의 언저리를 가만가만 아우르는 평화로운 배음, 순연한 물맛 같은 피아노 연주에도 이상하게 중독성이 있다. 자다가 깨어 칭얼대다 돌아눕는 어린아이처럼, 피아노 소리는 내 번다한 사념의 수면 위로 들렸다 안 들렸다 자맥질을 한다. '나에게 집중해'라든가 '내 음악을 들어봐'라고 강요하지 않고.

물 더미처럼 치받쳐 오르는 생각들을 지우며 나는 가까스로 시간을 견딘다. 넘어가지 않는 음식을 넘기듯 하루라는 정제錠劑를 애써 꿀꺽, 삼킨다. 여느 때의 나는 수수밭 이랑을 거칠게 스쳐가는 녹슨 바람소리 같은 노래들을 좋아했으나 요즘엔 아니다. 아무도 집중하지 않는 떠들썩한 카페의 한 구석에서 제 안의 응달만을 내밀하게 응시했을 조용한 음악들이 마음에 든다. 함께 나눌 수 없는 실존적 통증, 무료하고 반복적인 멜로디와 함께라는 것은 일상적 리듬 아래 드리워진 격정의 깊이를 통과하고 있다는 뜻이다.

갈물들인 천을 손바느질로 홈질한 명함을 조심스레 건네주던 사람이 있었다. 한 땀 한 땀 이름을 새겨 넣고 잔잔한 꽃수까지 곁들여진 헝겊명함에 의아해하는 내게 명함 주인이 말했다.

"그렇게라도 견디어내야 할 시간이…… 제게도 좀 있었거든요."

때로는 시간만한 비방秘方이 없다고, 오직 시간만이 타자의 고통에 관여할 뿐 누구도 함께 울어줄 수 없다고, 사티의 피아노가 쓸쓸하게 토닥인다. 상처에 스미는 양약처럼 부드러운 위무가 내 안에 도포된다. 흐름 위에 놓인 인생, 이 또한 곧 지나가 줄 터이니.

겨울나무 아래서

나무에 대해서는 쓸 생각을 마라.

습작 시절, 스승께서 하신 말씀이다. 이양하 선생이 이미 써버렸으니 웬만큼 써서는 안 먹힌다는 것이다.

그래도 다시 나무를 쓴다. 언감생심 선생의 발치에라도 닿고 싶어서가 아니다. 나무에 대한 은유가 진즉 빛을 잃었다 하여도 아름다운 것을 아름답다 하고 싶은, 내 안의 욕구 때문이다. 그런 욕구를 불러일으킨 것이 개심사 연못가의 겨울 배롱나무였다.

연전, 절에 들렀을 때, 가장 먼저 눈에 들어왔던 게 이 나무였다. 나무는 그때 부채바람에 활활 이는 숯불 아궁이처럼 환하고도 붉었다. 못물에 드리운 나무 그림자가 선계의 것인 양 고요하였다.

나무는 지금 미끈한 근육질의 알몸으로 내 눈앞에 서 있다. 꽃도 잎도, 껍질마저 벗었지만, 번설이 아닌 묵언의 기품으로 산사의 저녁 풍광을 가볍게 압도한다. 살아온 세월만큼 침묵으로 말할 줄 아는 존재의 위용 앞에 나도 잠시 말을 잊는다. 해거름의 적요, 쓸쓸하다. 아니, 하나도 쓸쓸하지 않다.

배롱나무의 벗은 몸은 매혹적이다. 누구는 상서로운 서기瑞氣를 발산하는 풍만한 꽃 잉걸을 찬탄하지만 나는 그의 벗은 몸에 반한다. 꽃으로 치장하고 잎으로 가리고 열매를 매달아 아름다운 나무 중에 나신까지 귀골貴骨인 나무는 드물다. 몽환적인 산수유도, 낭창대는 실버들도, 황금빛 스팽글의 은행나무도 벗겨놓으면 천격인 데 반해 자작나무나 배롱나무는 벗어도 귀티가 난다. 자작나무가 세상물정 모르는 늘씬한 서양 귀부인이라면 배롱나무는 면벽 수련 틈틈이 권법을 익힌, 내공 깊고 다부진 동양의 선사다. 건포마찰로 단련시킨 남자의 살갗처럼 기름기 없이 빛나는 피부, '앙' 하고 깨물어보고 싶은 충동이 일만큼 단단해 보이는 팔뚝, 쇠심줄처럼 구불거리며 허공을 껴안는 손가락들. 꽝꽝한 겨울 추위를 말없이 견디고 정물처럼 서 있는 한겨울 배롱나무가 서사를 버린 통찰의 결구처럼 비장미마저 느끼게 한다.

배롱나무는 운치를 아는 나무다. 드넓은 허공이라고 함부로 가지를 뻗지 않고 공간을 미학적으로 세분할 줄을 안다. 연과 행을 정확히 계산하여 말을 앉히는 시인처럼 가지와 가지 사이의 여백을 회화적으로 분할한다. 꽃이 흐드러진 여름에도 질펀하다거나 농염한 느낌보다는 화려하면서 단아한 느낌이 강하다. 휘어지고 틀어지면서도 애써 수형을 잡아가는 가지의 역동적인 조형성에서, 돋쳐 오르는 대지의 기운을 다스려내는 나무의 웅숭깊은 풍격을 읽는다. 나무는 진즉 알고 있는 것일까. 절제된 관능만이 대상을 더 깊숙이 끌어당기는 이치를.

지나버린 시간, 기억의 편린들을 따뜻한 회상으로 길어 올리는지, 나무가 가만히 잔가지를 흔든다. 생명의 내홍을 환희로 치환해 꽃으로 내어 달 줄 아는 나무. 늙어도 늙지 않고 늙을수록 더 아름다운 나무. 이승의 삶을 다 살아내어도 끝내 적멸에 이를 수 없다면, 바람처럼 자유롭게 떠돌 수도 없고 바위처럼 무심해질 수도 없다면, 오래 늙은 배롱나무 아래 순한 흙거름으로 묻혀도 좋겠다. 절 마당 한 귀퉁이에 밝고 환한 빛으로 서서, 갈길 묻는 나그네의 어둠을 가만히 밝혀주어도 좋고, 승자의 역사 속에 묻혀버린 패장의 무덤가를 지키며 안으로 안으로만 나이를 먹어도 괜찮겠다. 불 속에서조차 소멸되지 못할 내 안의 광기들은 캄캄한 물관을 거슬러 올라 삼복염천 석 달 열흘을 혼곤한 울음으로 타오를 것이다. 타버린 것들만이 다시 맨몸으로 설 수 있음을 알기에. 죽어 나무가 되고 싶은 건 끝끝내 아름답고 싶어서일까, 아니면 끝끝내 살고 싶어서일까.

억새

너무 깊은 슬픔은 눈물이 되지 못한다.

말을 입어 시가 되지도, 소리를 입어 노래가 되지도 못한다.

몸 속 어디, 뼛속이거나 자궁이거나 췌장 담낭 깊은 곳에 날선 유리로, 깨진 사금파리로 박혀 영혼의 압통점을 무자비하게 가격한다.

사람의 내면에 슬픔의 안개가 가득하면 눈빛으로 온 몸으로 슬픔의 아우라가 뿜어져 나온다. 슬픔에도 반감기가 있어 봄 햇살에 천천히 바래지거나, 가을 빗소리에 녹아나오거나, 깊은 밤 뒤척이는 베갯머리에 어둠침침한 꿈으로 묻어나기도 하지만, 끝끝내 증발하지 못한 슬픔의 흰 뼈들은 육신과 함께 순장되어 흙속에 파묻힌다. 살아있는 것들의 모든 소리를 한꺼번에 삼켜버리는 흙, 세상에 흙처럼 무정한 것은 없다. 흙에 덮이면 모든 것이 무효다. 순간의 기억도, 투쟁의 역사도 속절없이 무화되어 버린다.

무른 살들 푸실푸실 흙이 되어 물러가 버려도, 캄캄하게 삭아 없어지지 못한 슬픔의 낱알들은 빈 들 강 언덕에 서리서리 돋아난다. 칼끝 같은 적의도, 가슴 속 불잉걸도, 타는 노을로 번져 올린 풀들이 야위고 휘어진 목줄기로 흔들리며 그을음 같은 한숨을 뱉는다. 목쉰 바람 갈피갈피 일렁이는 구음 사이로 풍화된 슬픔의 날벌레들이 은빛으로 자욱하게 춤을 추며 흩어진다.

다람쥐 이야기

옛 집 뒷동산엔 밤나무가 많았다. 잠이 들락말락한 가을밤이면 뒤꼍 양철지붕 위로 밤 떨어지는 소리가 꿈결처럼 투둑, 툭, 들려오곤 했다. 그런 밤에는 아침 일찍 일어나 밤 주울 생각에 일쑤 잠을 설치곤 했다.

알밤을 가장 많이 줍는 것은 언제나 나였다. 어느 밤나무에 왕밤이 열리는지, 언제 어디에 많이 떨어지는지 다람쥐보다 내가 더 잘 알았다. 골짜기 초입에 서 있는 밤나무 두 그루를 지나 열두 발자국쯤 걸어 올라간 비탈, 낙엽송 옆 키 큰 밤나무 아래에 내가 좋아하는 외톨이 밤이 많았다. 밤송이 하나에 밤톨 세 개가 들어 있는 보통 밤과는 달리 그 나무의 밤송이들은 두 쭉정이 사이에 동글동글한 알밤 하나만을 품고 있었다. 반지르르 윤이 나는 알밤을 양푼 가득 주워 올 때마다 할머니가 들려주시던 이야기가 생각난다.

다람쥐영감이 말이여. 가을에는 마느래를 수도 없이 불러들인단

다. 왜요, 할머니? 아, 식구가 많아야 알밤을 많이 줏어모을 거 아녀. 근디 겨울이 되면 이 영감탱이가 눈 먼 마느래 하나만 냉기고 나머지는 다 쫓아버린단말여. 건 또 왜요? 왜는, 양석 아까워서지. 욕심꾸래기 영감이 눈 먼 마느래한테는 쓰디쓴 도토리만 던져주고 알밤은 저 혼자 야금야금 까먹는디, 마느래가 아이고 써, 왜 이케 쓰댜? 하면 아 쓰긴 뭐가 쓰다고 그려, 엄청 달고만, 하면서 약을 올린다는 거여…….

뒷동산도 할머니도 아득히 멀어진 지금도 바람 부는 가을밤 내 베갯머리엔 투닥 탁, 투둑 툭, 알밤 떨어지는 소리가 들린다.

파밭에서

밭둑에 머리를 처박은 파들이 일사분란하게 물구나무를 선다.

철심 하나 박지 않은 몸뚱이, 시퍼런 창끝이 허공을 조준한다. 허리를 굽히지도 목을 꺾지도 않는다. 매운 눈물 안으로 밀어 넣고 하늘을 향해 똥침을 날리다 급기야 유리 공으로 주먹질을 해댄다. 속 빈 대궁 끝에 방울방울 매달린 방사형의 유리폭탄, 에로틱하다.

허연 실뿌리 몇 가닥 찔러 넣고 수직으로 용솟음치는 저 싱싱한 발기력. 뼈대 없이 솟구친다는 것은 얼마나 발칙한 중력에의 도전인가. 도심에 빼곡한 고층건물도 골조 없이는 올라가지 못한다. 목숨의 저 안쪽에서부터 솟구쳐 오르는 홀연한 직립의지에 빚지지 않은 탄생은 없다.

파밭에 서면 꽃 진 나팔꽃 같은 나도 푸르게 흙 기운을 빨아올리고 싶어진다. 해거름 밭둑에 머리카락 반쯤 파묻고 서서, 퇴각하는 세월 뱃구레라도 오지게 한번 발길질해보거나, 줄 지어 도열한 유리

폭탄들, 푸른 화염병들 쑥쑥 뽑아들고 멀어지는 젊음의 뒤꽁무니를 향해 통쾌하게 투척해보고도 싶다. 어퍼컷 한 방 날려보지 못한 인생, 도망가다 붙잡혀 패대기쳐져도 크게 억울하지는 않을 것이다. 생의 시계추를 내려 당기는 저항할 수 없는 힘에 이끌려 기우뚱기우뚱 기울어지다 종국에는 수평으로 드러누워 버리는 것, 수평이 아닌 수직으로의 저항에서 수직이 아닌 수평으로의 투항. 목숨의 문법이란 원래 그런 것 아니냐며 머리 풀고 밭둑에 드러누워서 속 빈 대파처럼 푸르르 웃고 싶다.

토르소

누구의 것인지 증명할 수 없는 동체. 편집되고 삭제된 몸뚱이들이 전시실 안에 늘어서 있다. 봉긋한 가슴, 탄력 있는 둔부, 꿈틀거리는 근육질……. 표정과 제스처를 따돌린 정태적인 물상 안에는 생명의 역동성을 은닉한 정물적인 고요가 아늑하게 숨 쉬고 있다.

머리도 팔다리도 생략되어 있어 얼핏 부자유스러워 보이긴 해도 토르소는 기실 무한자유다. 누군가 내 몸이라고 우겨도 좋을, 내 몸이 아니라고 손사래 쳐도 그만일 익명의 저 몸뚱어리들. 두상과 사지가 다 갖추어진 몸이었다면 이처럼 오래 그 앞에 서 있지는 못할 것이다. 어떤 일탈도 허용되는 익명성과 어떤 욕정도 불허하는 무구함이 절묘하게 공존하는 토르소 앞에서 나는 고개를 갸웃거린다. 해탈한 욕망인가 욕망의 총화인가.

밑동도 우듬지도 없는 나무 등걸 같은 군상들은 함부로 논리를 주장하거나 관념을 강요하지 않는다. 선부른 이성으로 상대를 재단

하고 판단의 잣대를 들이대지도 않는다. 정숙한 젖가슴에 혐의를 씌우고 조신한 둔부를 충동질하는 것은 사특한 머리와 줏대 없는 관절들 아닐까. 꽃 피는 통증도 간지러운 잔뿌리도 아랑곳 않고 오로지 가슴으로 밀고 나가는, 토르소는 무죄다. 신성하고 정결한 무욕의 영지領地, 풍만하고 따뜻한 감각의 제국이다.

무심의 의자

알뜰장터에서 간이의자를 들여왔다. 엉덩이를 겨우 걸칠 만한 넓이에 바닥에서 한 뼘 정도의 높이, 의자라기보다는 깔개에 가깝지만 거칠게 갈라진 나뭇결과 둥글게 닳아진 모서리가 정겨워 첫눈에 선뜻 집어 들었다. 투박한 통나무 상판에 네 개의 다리를 끼워 맞춘 단순하고 튼튼한 모양새도 충직하고 미더워 보였다. 마루 앞 기둥 아래 놓아두고 '무심의 의자'라 이름 붙여 주었다.

커피 한 잔을 들고 나와 나는 종종 이 의자에 앉는다. 사선으로 비껴드는 햇살을 받으며 눅눅한 마음을 뒤집어 말리거나, 반가사유상처럼 턱을 받치고 앉아 생각 없이 시간을 보내기도 한다. 지나버린 시간을 되돌려 세워 마법의 금빛가루를 뿌려주다가, 순정하게 벼려진 기억의 칼날에 느닷없이 허를 찔리는 것도 좋다.

의자에 앉으면 손수건만한 마당이 한눈에 들어온다. 솔가지를 흔들고 지나가는 바람과 해끗한 풀꽃들의 고갯짓도 돋보인다. 소나무한 그루만 빼고는 내 앉은키보다 한참 낮은 백성들인지라 한 뼘 높이의 나무의자를 한 길 높이의 옥좌로 착각하곤 한다.

높은 자리에 앉으면 심판의 권위가 절로 생겨나는가. 마당가를 오갈 때나 쪼그려 앉았을 때에는 보이지 않던 것들이 의자에 앉아 굽어보면 불필요한 것까지도 세세하게 드러나 보인다. 곁가지가 보기 싫게 자란 산국이며 더위에 늘어진 맥문동 이파리며, 게릴라처럼 낮게 포복하며 옆으로 기어가는 씀바귀 줄기까지 고스란히 눈에 띈다. 화초나 잡초나 한 끗 차이련만 웃자란 쇠비름이 채송화 줄기 위로 붉은 장딴지를 슬며시 뻗는 것도 내 눈에는 썩 고와 보이지 않는다. 높이가 주는 시각 차, 기껏 한 뼘쯤 높이 앉았을 뿐인데 만족스런 것보다 못마땅한 것들이 더 잘 보이는 것, 이상한 일이다.

거슬리는 것들을 너그럽게 눈감아줄 아량이 없는 나는 급기야 커피 잔을 내려놓고 일어난다. 이럴 때 내 의자는 무심의 의자가 아니다. 유심의 의자, 심판의 의자다. 삐져나온 소나무 순을 치고 꽃 핀 괭이밥을 냉큼 뽑아 던진다. 어제까지 무심히 보아 넘긴 한련 줄기도 누리시든 잎들이 지저분해 보여 미련 없이 걷어내 버린다. 원칙도 기준도 없이, 기분에 따라 돌변하는 내 변덕이 힘없는 풀들에겐 횡포, 아니 천재지변이겠다.

사악하고 부패하고 불합리한 세상을 왜 그냥 보고만 계시냐고 누구는 하늘의 무심함을 탓하지만 신의 인내심, 아니 무관심이야말로 더할 수 없는 자비가 아닐까. 내가 만약 신이라면 맘에 들지 않는 이 세상을 수천 번도 더 갈아엎었을 것이다. 아마도 신은 세상이 보이지 않을 만큼 아득한 높이로 올라가버렸거나, 세상이 가장 아름답게 보이는 스카이라인 정도에 좌정해 계시거나, 아니면 진즉 지상에 내려와 진흙탕 같은 사람들 사이에 섞여 함께 뒹굴고 계실지 모른다.

발등이 좀 간지럽다 싶더니 개미 한 마리가 왼쪽 발목 언저리에

서 길을 잃고 우왕좌왕하고 있다. 그깟 개미 목숨쯤이야 엄지와 검지 사이에서 기척 없이 해치울 수도 있지만 고공투하 정도로 봐주기로 한다. 어쩌랴. 그도 한집 식구인데.

삼십 년 가까이 아파트에서만 살다가 처음으로 마련한 단독주택인 여기도 살아보니 전혀 단독주택이 아니다. 개미와 모기, 지렁이나 귀뚜라미처럼 먼저 터 잡고 살아온 족속들과 적당히 화친하며 지내야 하는, 이야말로 기실 공동주택인 셈이다. 문과 창을 꼭꼭 여며 닫고, 정해진 날에 정기소독을 하는 아파트가 차라리 단독주택에 가깝다 할까. 진즉 알았으면 아예 등기도 공동명의로 했을 거라고, 그랬다면 세금이라도 감면받았을 거라고, 줄행랑치는 병졸 뒤에서 썰렁한 생각을 하며 웃는다. 고운 때 가신 퇴기들은 얄짤없이 축출해버리고 성벽을 기어오른 졸개 한 녀석 호기롭게 관용하는, 이 또한 제왕의 권위 아닌가. 한 뼘 높이 권좌의 끗발이 식은 커피보다 달달하고 황홀하다.

썩지 않는 것들

냉장고 귀퉁이에 마늘 봉지가 내박쳐져 있다.

사온 지 보름이 넘었는데 썩지도 않고 빛깔도 그대로다. 왕의 미라도, 참척의 슬픔도 아닌데 어찌하여 썩지 않는단 말인가. 빻아지고 짓이겨져도 불멸을 꿈꾸는, 영생불사의 의지가 무섭다. 방부제 친 밀가루로 빚은 빵을 먹고, 방부제 친 마늘과 소시지를 먹고, 방부제 친 화장품을 바르고 사는 우리. 이승의 기억이 유실되고 나면 방부제 친 몸뚱이만 동그마니 남게 될까.

썩어야 한다. 살아 아무 일도 이루지 못했어도 때가 되면 폭삭 썩어주어야 한다. 곰삭고 발효되어 향기로운 흙거름은 되지 못하여도 겸허하게 무너져 내려야 한다. 별빛과 흙가루로 빚어진 인간은 별빛만 남고 흙으로 돌아가고, 슬픔도 흰 뼈만 남고 썩어 문드러져 없어져야 한다. 아마포를 두르고 관 속에 누워서까지 산 자들의 알현을 받느라 잠들지 못하는 3,200세의 파라오처럼, 썩어 흙으로 돌아가지 않으면 죽어서도 안식에 이를 수 없다.

썩는다는 것은 형과 색과 살 속에 스민 생명의 기미를 해체한다는 뜻이다. 물질적 몸의 세상을 버리고 우주적 무의 권역에 복귀한다는 뜻이다. 덧없이 스러지고 소멸되는 게 허망해서 되지 않은 글줄이나마 끼적거려보는 것도 썩어지는 것이 두려워서인지 모른다. 이대로 그냥 묻힐 수는 없다고, 서둘러 몸 밖으로 빼내주지 않으면 흔적조차 남지 않고 소멸되어 버릴 것 같다고, 필사必死의 육신 안에 갇혀 사는 어리보기 정령 하나가 절박하게 SOS를 외치고 있는 것 같아서, 내가 나에게 방부제 치듯 시시때때 키보드를 두드려대는지 모른다.

시간의 환생

수묵 스민 화선지처럼 어스레한 새벽, 어둠이 휘적거려지지 않게 가만가만 일어나 앉는다. 고요하다. 아니, 아주 고요하지는 않다. 시계소리, 냉장고 소리, 자동차 소리, 먼 바람 소리, 어디선가 꽃잎 터지는 소리……. 결 고운 사막이 미세한 모래알갱이로 채워져 있듯, 정적 또한 미분화된 소리의 입자들로 섬세하게 직조되어 있다.

재깍재깍,

시계소리가 커진다. 건조한 대기에 섞여드는 우기의 바람처럼, 사념 한 줄기 스치듯 흘러든다. 적막의 흰 귀퉁이가 무너져 내리고 선잠 깬 기억들이 나풋나풋 뒤척인다. 신 새벽의 적요는 이미 살점이 뜯겨나갔다. 누가 싸리비 자국 정갈한 빈터에 잡다한 일상을 방류하는가.

시간이다.

시간은 고요를 가만두지 못한다. 사막의 바람이 모래알을 훔치듯 시간은 은밀히 고요를 부식시킨다. 시간이라는 괴물은 정적을 파먹고 온갖 부산스러운 것들을 흐름 위에 쏟아놓는다. 날이 밝으면 숭숭한 구덩이마다 숨겨놓은 시간의 알들이 왁자하게 부화할 것이다. 밤의 휘장을 찢어 햇덩이를 꺼내고 침묵을 휘저어 소음을 흩뿌리는 시간의 영묘한 연금술에 고요는 난폭하게 유린될 것이다. 시간이 흐른다고 사람들은 말하지만 흐르는 것은 시간이 아니다. 제 꼬리를 물고 맴을 도는 태극처럼 제자리에서 순환할 뿐, 시간은 어디로도 흐르지 않는다.

오카리나

노무라 소지로의 오카리나 연주를 듣는다. 새벽 별을 스쳐 온 바람소리 같은, 청보라 들꽃의 무구한 슬픔 같은 천상의 선율이 지친 심신을 정화시킨다. 통역이 필요 없는 만국 공통어, 영혼의 모음 같은 선율 앞에서 가사란 한갓 속된 번설일 뿐.

오카리나는 작은 새를 닮았다. 그래서 새소리를 낸다. 이탈리아 말로 새끼 오리를 뜻하는 오카리나는 진흙을 구워 만든 테라코타 흙피리다. 물과 흙과 불의 기운으로 빚어진 작은 새 한 마리가 말갛고 따스하고 동그란 목소리로 운다.

새의 몸통에서 울려나오는 구슬프고 따뜻한 음색에 젖어 있노라니 달빛, 숫눈, 윤슬, 바람, 시냇물 같은 무공해 낱말들이 두서없이 떠오른다. 기름기도 속기도 없는 순박한 소리. 바람으로 빚은 시 맛이 이러 할까. 청정한 샘물 같은 오카리나 소리로 천 번쯤 귀를 헹구고 나면 아무리 사악한 영혼이라도 맑아지지 않을 수 없을 것 같은데,

오카리나처럼 속을 비우지 못하고 사는 나는 소박하고 경묘한 소리를 내지 못하고 고장 난 트럼펫처럼 삑삑거리며 산다.

사이

아이들은 언제 자라는가.

눈을 홉뜨고 지켜보아도 키가 늘어나고 몸무게가 불어나는, 순간의 현장을 포착할 수 없다. 전봇대에 이마를 대고 "무궁화 꽃이 피었습니다"를 큰소리로 읊조리는 사이 몇 발짝씩 다가서던 어린 날의 술래놀이처럼, 잠깐 못 보는 사이, 눈 깜짝할 사이에 아이들은 훌쩍, 몰라보게 자란다.

꽃은 언제 피는가.

터질 듯 벙근 꽃망울들이 분홍 입술을 달싹거리는 순간을 슬로비디오로 본 적은 있지만 꽃이 피는 과정을 목도한 적은 없다. 밤과 낮 사이, 빛과 어둠 사이, 꽃샘바람과 소낙비 사이, 앞마당과 담장 사이 어디쯤에서, 돌아앉아 옷 벗는 여인네처럼 꽃은 그렇게 다소곳이 피어난다.

사랑은 언제 깊어지는가.

마주하는 동안에는 서로에게 취하여 그리움의 키를 늘이지 못한다. 구석진 기다림의 시간 속에서, 부재가 주는 외로움 속에서, 만남과 만남 사이 적막한 틈새에서 내밀하게 가지를 뻗고 뿌리를 내린다.

사람은 언제 사람다워지는가.

사람 인人에 사이 간間이 함께 있어야 비로소 인간이 되는 까닭은 사람과 사람 사이에서만 사람이 되는 까닭이다. 부모와 자식 사이, 남자와 여자 사이, 보수와 진보 사이, 세상의 개똥밭과 지뢰밭 사이에서 넘어지고 고꾸라지며 사람답게 사는 법을 터득해 간다.

그러므로 방점傍點은 '사이'에 있다. 열정과 냉정 사이, 정답과 오답 사이, 진실과 오류 사이, 모호하고 아리송한 틈바구니마다 생의 비의가 숨 쉬고 있다.

눈 내린 날의 모노로그

서울 적설량 25.8센티미터. 107년 만의 폭설, 기상 관측 이래 최고의 눈이래요.

차들은 아예 멈추어 섰고 구청에서도 눈 치우기를 포기한 것 같아요. 한 나절 내린 눈으로 도시가 이렇게 마비되어 버리다니. 눈은 그 순백의 언어로 길의 주인이 차가 아니듯, 세상의 주인이 인간이 아니라고 고요하게 일깨워주네요. 눈 쌓인 거리를 내려다보다가 문정희 시인의 「한계령을 위한 연가」가 생각나 냉큼 찾아 읽어보았지요.

> … 오오, 눈부신 고립
> 사방이 온통 흰 것뿐인 동화의 나라에
> 발이 아니라 운명이 묶였으면…

정말 그렇게 내 책임이 아닌 다른 핑계나 불가피성으로 삶의 알리바이를 둘러댈 수 있다면, 하는 상상에 설레어보다가 치과 약속 때문에 서둘러 중무장을 하고 나왔지요. 이웃 아파트 상가까지 이십 분쯤 걸어가야 하는 길, 눈이 무릎까지 차서 뒤뚱뒤뚱 걷는 사람들 모습이 사오십 년 전쯤으로 돌아간 듯하였지요. 모자에, 목도리에, 패딩 점퍼에, 눈만 빼꼼한 부엉이 행색이 그리 싫지만은 않은 표정들이었어요.

진료실 의자에 기대 앉아 있으려니 창밖 은행나무 빈 가지에 쌓인 눈이 바람결에 한 뭉텅이씩 툭, 흰 새 한 마리 내려앉듯 떨어져 내리곤 하였어요.

이십 년 단골인 치과 선생은 오늘도 내게 말을 걸어왔어요.

"눈이 이렇게 왔는데도 하나도 설레거나 즐겁지가 않아요. 눈 때문에 병원 오는 사람들이 고생스럽겠구나 하는 생각뿐. 삼십대 말, 사십대 초반까지는 가을바람만 불어도 찬 기운이 스르르, 가슴 안으로 스미곤 했는데……."

"그래요?"

언제나처럼 내 입은 치과용 미러와 핀셋, 석션팁 같은 것들로 재갈이 물려 있었지만 잠시 틈을 타 짧게 응수해주었지요. 시간이 더 있었다면 '그래요?' 다음에 '벌써 배터리가 고장 나신 거군요'라든지, '그런 남자를 요새 뭐라 하는지 아세요? 건어물남!'이라고 덧붙였을지 모르지요. 그랬다면 그가 웃어젖혔겠지요. 소금 후추 알맞게 뿌려진 머리카락을 가볍게 뒤로 쓸어 넘기며. 시시한 농담에도 크게 웃는다는 건 살아가는 일의 쓸쓸함을 은폐하려는, 무의식의 발로일 듯해요.

일류대학 출신에 헌칠하고 잘 생긴데다 성실하고 친절하기까지 한 치과 선생은 우리 동네에서는 인기 최고지요. 이 동네뿐 아니라 강남이나 경기도로 이사를 간 사람들까지, 몇 십 년 단골들이 몇 시간씩 줄을 설 지경이니까요. 아무리 환자가 밀려도 그는 절대로 인상을 구기지 않고 웃는 얼굴로 차근차근 설명하는 것을 포기하지 않아요. 대기실 가득한 사람들이 보이지 않는다는 듯이. 마치 그 한 사람만을 위한 주치의인 것처럼 누구에게나 꼼꼼하고 정성스럽게 진료를 해요. 바가지 씌우는 일도 당연히 없고요. 내가 그를 더욱 신뢰하게 된 것은 개업 초부터 낯을 익혀 온 간호사 때문이기도 해요. 포니테일로 찰랑거리던 그녀의 헤어스타일이 구불구불한 파마머리를 거쳐 업스타일로 올라붙을 때까지, 참 세월이 많이도 흘렀네요.

"그럼 여기까지 걸어오시면서 설레고 즐겁던가요?"

다시 재갈이 물려진 나는 간신히 고개를 주억거렸지요.

"그렇다면, 제가 더 어른이네요. 그만큼 내공이 쌓여 흔들리지 않는 거니까."

그 말을 하면서 그는 아마 자기의 나이를 의식하였겠지요. 내가 그보다 세 살이 위라는 것을 알기 이전까지, 그는 나를 복학생과 미팅하러 나온 신입생 취급을 했으니까요. 그가 그렇게 마스크를 쓰고 핀셋이나 익스플로러 같은 것을 내 입 안에 잔뜩 집어넣은 채 뜬금없는 질문을 던지기 시작한 것은 그러니까 몇 년 전, 고장 난 보철물을 갈아 끼우려고 오랜만에 들렀던 때부터였어요.

"참 곱게 나이 드시네요."

"선생님도 멋지게 늙고 계셔요."

그렇게 시작했던 것 같아요. 대학을 졸업한 딸애가 유치乳齒를 갈 때부터 드나들었으니 그 정도의 인사는 주고받을 만하다 했던 게지요. 덕담삼아 붙여준 형용사 하나씩이 마음의 거리를 한 발짝쯤 당겨준 것일까요. 선천적으로 부실한 잇몸에 어린 중학생이 찬 축구공에 운수 사납게 앞니가 나가는 바람에 팔자에 없는 보철물까지 끼고 사는 나는 치료에 불가결한 말 이외엔 그동안 별반 아는 체를 안했지요. 그런데 그렇게 말문이 트이고 나서는 주치의라도 되는 듯 마음이 조금 편안해진 것 같아요. 내가 글을 쓰는 사람이라는 것을 어찌어찌 알게 된 그가 공사기간 내내 이야기를 붙이곤 해서이기도 하지만요.

"저기 말이지요, 육신과 영혼이 동시에 늙지 않는 것이 불행일까요 다행일까요?"라든가 "세상에서 가장 스트레스가 많은 직업이 뭐

라고 생각하세요?" 등등.

"치과의산가요?"

상상력까지 재갈을 물린 나는 두 번째 질문에 그렇게 답했지요. 그렇게 단박에 답이 나오는 질문을 던질 리 없다 싶으면서도.

"아니요."

아니면?

"펀드매니저래요. 치과의사는 그 다음이에요."

조금은 과장이겠지만 딴엔 이해가 가기도 해요. 붉으죽죽한 갱도 안, 이끼 낀 바윗돌들이나 들여다보다 삼십 년이 흘러버린 사람. 머리 위를 비추는 태양도, 망망한 바다도, 애써 눈 감고 살아왔겠죠. 사막 같은 삶이지요 라고, 언젠가 그가 이야기했듯이. 하긴, 일상은 누구에게든 사막이지요. 정상을 향하여 묵묵히 오르기만 해도 좋을 산과는 달리, 사막에는 바라봐야 할 푯대가 없잖아요. 끝없이 멀어지는 지평선을 향하여 어디엔가 숨어 있을 오아시스를 꿈꾸며 걷고 또 걸어야 할 뿐.

다음에 그는 푸른빛에 대해 이야기를 하였어요.

"푸른 하늘, 푸른 바다, 푸른 눈……. 푸른빛은 거리와 상관이 있는 것 같아요"라고요. 나는 '거리가 아니라 깊이'일 거라고 얼른 정정해 주었지요.

"아, 깊이!"

그가 낮게 탄성을 질렀어요. 그날 그는 35만 원짜리 보철 공사를 20만 원이나 깎아주었지요. 그 정도도 충분하다고 손사래를 치면서.

시간은 그냥 흐르는 게 아닌가 봐요. 강산이 두 번쯤 바뀌는 동안 드문드문이라도 만남을 이어온 사람들 사이에는 보이지 않는 소통의 욕구 같은 것이 싹이 트고 자라기도 하는 것 같아요. 손과 이가 아닌, 환자와 의사가 아닌, 남자와 여자로는 아니라도 최소한 인간과 인간으로 마주 대하고 싶은, 그런 관계의 욕구 같은 거 말이지요. 물론 그가 진료 중에 다른 환자들과 비슷한 사담을 나누는 것을 본 적은 없어요. 늘 몇 명의 환자(아니 고객인가?)들이 옆 의자에 대기하고 있고, 진료실 바깥에도 미어지게 앉아 있는 사람들 때문에 일손을 멈추고 쌍방대화를 나누는 건 거의 불가능하니까요. 내 의자 옆에 앉자마자 그는 매번 이야기를 시작하지만, 그의 손이 움직이고 있는 동안 내 입술이 자유롭지 않은 까닭에 제대로 응수를 하기 전에 금세 또 봉쇄되고 말지요. 어쩌면 그에게는 대답까지는 바라지 않은 채 그냥 자신이 하고 싶은 말을 들어줄 상대가 필요한 건지도 모르겠어요. 마스크를 쓴 채 자분자분 이야기하는 남자와 흉측하게 입을 벌린 채 바보처럼 듣기만 하는 여자. 그림이 그려지나요? 그러고 보니 이 진료용 의자는 치과치료용이라기보다 심리치료용일 수도 있겠다는 생각이 들어요. 그가 들으면 좀 언짢겠지만. 어쨌건 그럴 때 내가 할 수 있는 대답이란 고개를 위아래로 끄덕이거나 좌우로 흔드는 의사 표시뿐이지요. 그런데 그 간단한 몸짓만으로도 소통에 별 무리가 없다는 것, 놀랍지 않나요?

이순耳順의 나이에 고비사막을 횡단한 라인홀트 메스너는 고비사막에서 만난 유목민들과 대화가 안 통해서 고생한 적은 없다고 해요. 오히려 사막 밖의 세상에서 소통에 더 문제가 많았다고요. 사막에서는 욕구가 단순해지므로 그럴 수도 있겠다 싶긴 하지만 때때로 고등동물의 신호체계인 언어가 오히려 의사소통을 훼방하는 것일 수도 있겠다는 생각도 들어요. 말 때문에 빚어지는 오해와 갈등이 싸움으로 번지는 일도 다반사고 보면 차라리 수화手話를 사용하는 편이 전쟁을 줄일 수 있을 것 같다는 생각도 하게 되고요. 뇌가 없고 생식기만 있는 하등생물이 사랑이라는 복잡한 감정회로를 가진 인간보다 종족번식에 더 성공적이듯이……. 들판에서 두 마리의 짐승이 만났을 때, 무인도에서 여자와 남자가 만났을 때, 말이 통하지 않은 이방인끼리 사막 한가운데서 맞닥뜨렸을 때, 최후의 선택은 두 가지밖에 없을 것 같아요. 도리도리냐 끄덕끄덕이냐 예스냐 노냐. 수용이냐 거부냐……. 그것이 결국 생명체와 생명체 사이, 사람과 사람 사

이의 마지막 질문과 대답 아닐까요?

의자 앞에 장착된 모니터로 엑스레이 사진을 들여다보던 그가 위아래 어금니를 흔들어보네요. 아파요? 도리도리. 괜찮아요? 끄덕끄덕.

작은 아이가 공부하러 떠나기 전, 치과점검을 받으러 보낸 적이 있어요. 엑스레이를 찍고 신경치료에 진통제를 처방하고 스케일링까지 해준 그는 진료비를 받는 대신 한동안 그림자도 안 비친 내 잇몸 걱정을 하였다지요. 공연히 폐를 끼치고 싶지 않아, 아니 연전에 그가 개보수를 너무 잘 해준 덕분에 스케일링 이외엔 치과에 갈 일이 없었거든요.

"그 선생님 최고야. 몇 년 만에 갔는데도 단박에 알아보시더라고. 치료비도 안 받았어."

돈을 받지 않았다는 게 아이에겐 특히 감동적인 것 같았어요. 그렇지만 딸아, 세상에는 공짜가 없는 법이란다. 논어 맹자 성경 코란을 다 합친 결론이 세상에 공짜가 없다는 말이라지 않더냐.

빚지고는 못사는 성격인데다 때마침 추석 무렵이어서 선물세트 한 상자를 사 들고 병원을 찾아갔어요. 진료 시간이 마칠 때쯤이어서 원장실에 앉아 간호사가 날라다 준 인스턴트 커피를 홀짝거리고 있었지요.

"보고 싶었어요."

몇 년 만에 맞닥뜨린 '고객'에게 던지는 난감한 인사! 특별한 억양도 없이, 씹던 껌을 뱉어내듯 무심히 발성하는 그를 보면서도 나는 거의 놀라지 않았어요. 나에게도 얼마만큼, '내공'이 쌓였던 거지요. 정직하게 말하면 언젠가 잠깐, 아주 잠깐, 헛된 로맨스를 꿈꾸어보지 않은 건 아니에요. 충치에 덧씌운 보철물이 닳아 대대적인 굴착공사와 토목공사 같은 보수작업이 진행되던 해, 일주일에 두세 번, 삼십 센티미터 간격으로 얼굴을 마주 대해야 했을 때, 그래요. 이층 창가에 황금빛 은행잎들이 나비처럼 사뿐히 내려앉던 가을이었어요. 병원 유리문에 '세미나 관계로 오늘 휴진합니다'라고 프린트된 종이를 찰싹 붙여놓고, 매너 좋고 다감한 의사 선생과 서해안 어디로 바람같이 달려가 싱싱한 대하구이에 짜릿한 낮술 한잔! 그런 세미나 아닌 '재미나'를……. 진료실 의자에 눈 감고 누워 잠시 그렇게 발칙한 상상여행을 떠나보기도 했으니까요.

그러나 그건, 어림없는 일이지요. 그나 나나, 정해진 쳇바퀴를 선불리 벗지 못하는 '범생이'들인데다 처녀 총각이 아닌, 남자와 여자가 아닌, 환자와 의사로서, 그것도 동등하게 마주보는 게 아닌 올려보고 굽어보며 만나야 하는 관계에서, 그런데다 자신이 특히 콤플렉스를 느끼는 신체의 특정 부위를 적나라하게 드러내 보여야 하는 관계에서 무슨 일이 일어날 수 있을까요. 설사 그가 어떤 특별한 느낌을 내게 갖고 있다 하여도 보철물이 어지러운 여자의 입속을 들여다보며 키스 따위를 상상할 수는 없을 테니까요. 키스라니. 아, 진도가 너무 나갔나요? 아무려나, 플라톤은 '키스는 영혼이 육체를 떠나가는 순간의 경험'이라고 말했다지만 나는 반대로 영혼이 육신에 깃드는 순간이 키스일 거라고 생각하거든요.

"오늘 유독 손님이 많아서 끝날 때쯤 거의 그로기 상태였는데 갑자기 기분이 좋아졌어요."

그의 말은 일견 진심인 것 같았지만 특별한 의도는 없어 보였어요. 구태여 메시지를 넣으려 하지 않고 눈앞에 있는 정경을 그대로 묘사하는 문장처럼요. 오래 못 만난 동창생을 우연히 맞닥뜨렸을 때의 들뜸이나 흥분 같은, 뭐 그런 기분이었겠지요. 식은 커피를 앞에 두고 이런 저런 이야기가 중구난방 오갔어요. 아이들 때문에 속상했던 이야기와 골프 핸디가 얼마라는 이야기와 여자들의 갱년기 증상

에 대하여……. 갱년기 아내에게 무심했다간 말년에 눈칫밥을 먹을 수도 있으니 각별하게 신경 쓰라는 충고 아닌 충고도 했던 것 같아요.

"예쁘네요"라고, 이야기 도중 그가 불쑥 말했어요.

나는 조금 멋쩍게 웃었고 맞은편 등의자에 기대앉은 그는 내 쪽으로 팔을 내밀었지요.

"지금 그렇게 앉아 계시는 모습, 이뻐요."

꾸미지도 거리끼지도 않고, 순간의 느낌을 여과 없이 투척하는 그의 직구 스타일이 당혹스럽긴 했지만 나도 쿨하게, 아무렇지 않게 이야기를 계속했지요. 떨림도 울림도 없는 건어물들! 젊었을 때도 들어보지 못한 휘황한 찬사를 식은 커피 들이켜듯 홀짝 들이켜 버리다니. 나이가 든다는 것은 낯가죽에도 가슴팍에도 자기방어의 방패 같은 굳은살이 박혀간다는 뜻인가 봐요. 병원 입구까지 배웅 나온 그와 짧게 악수는 나누었던가? 그러고 또 몇 달이 흘렀지요. 며칠 전, 덧씌운 어금니가 탈이 나지 않았다면 몇 년이 그냥 흘러버렸을지 몰라요.

“아무래도 한쪽을 잘라내야 할 것 같아요. 신경치료하고 가운데에 심을 박아야 새로 씌워도 힘을 받을 수 있거든요.”

‘아프겠네요’라는 말 대신 ‘시끄럽겠네요’라고, 나는 엉뚱하게 대꾸했어요.

“아니, 하나도 안 시끄러워요. 음악소리 같아요.”

나는 또 푸핫, 웃음을 터뜨리고 말았어요. 전에 그가 신경을 살짝 건드려 나도 모르게 양미간이 접혔을 때, ‘아, 아팠어요? 미안해요’라고, 당황해하던 생각이 나서요. 다음 순간 얼른 양치 컵을 집었지요. 암반을 뚫는 굉음과 화약 냄새 같은 것들 속에서 돋보기를 쓰고 갱도를 보고 있는, 초로의 남자에게 미안해서요.

드릴을 쥔 그의 손가락이 내 입술 사이를 가만히 비집네요. 매번 느끼는 거지만 덩치 큰 남자의 나이 든 손이라 믿어지지 않을 만큼 그의 손길은 조심스럽고 섬세해요. 하긴 그렇게 섬세하지 않고서야 사과 한 알 크기도 안 되는 좁은 막장을 평생의 일터로 삼을 수는 없겠지요. 그러고 보니 치과의사란 순전히 남의 입으로 먹고 사는 사람이네요. 푸흡!

눈을 감고 입술을 열고 포스트모던적인 음악소리를 들으며 나는 생각해요. 그래, 이렇게 건어물처럼 메말라가는 것, 마른 사과처럼,

가을 억새처럼 물기 없이 사위어 가는 것. 이것이 나이 들어 간다는 거구나. 첫눈이 와도 설레지 않고 해가 바뀌어도 가슴 뛰지 않는 것, 먹다 남은 빵처럼 굳어지고 나무토막처럼 딱딱해져서 목불이 되고 석상이 되고……. 그렇게 거룩하게 늙어야 하는 거구나. 비에도, 바람에도, 서푼어치의 감상에도, 우연을 가장한 필연에도 현혹되지 않고 흔들림 없이 살아내는 것이 가장 바람직한 인간상일지 몰라. 지나간 역사를 돌이켜볼 때 인간은 줄기차게 종교와 윤리라는 이름으로 감정을 죽이는 데 몰두해 왔으니까. 바람 한 점 스미지 않게 앞섶 꽉 여미고, 눈 가린 말처럼 내달려야만 가까스로 완주해내는 게 생이라는 경주일지도 몰라.

그런데 이상해요. 가만히 눈을 감고 돌이켜보니 여태 남아 있는 기억들은 거의가 흔들리고 서성거리던 시간뿐인 것 같아요. 스치는 바람 한 자락에도 미란성 위염 같은 찰과상을 입고, 한사코 한 방향으로 내달리는 마음을 쥐어 잡느라 대낮의 거리를 떠돌고 헤매던……. 살아 있다는 건 그런 것 아닐까요? 날렵하게 허공을 후려치며 곤두박질치는 등 푸른 물고기를 다시 꿈꾸지 못하고 해풍에 꾸덕꾸덕 말라가야만 하는, 이런 삶은 이미 여생일 뿐 아닐까요? 축제가 끝나버린 마당에 앉아 헤픈 농담이나 주절거리며 사는 삶은 본문이 아닌 부록일 뿐이지요. 본문보다 부록이 낫다는 사람이 없는 것은 아니지만 말이에요.

창 밖 나뭇가지 아래로 흰 새들이 다시 뭉텅, 뭉텅, 내려앉고 있어요. 움푹 팬 어금니 한쪽을 레진으로 묵묵히 마무리하던 그가 무표정하게 또 방백傍白을 하네요.

"치과의사가 제일 좋아하는 여자가 누군지 아세요? 예쁜 여자? 노, 똑똑한 여자? 노, 정답은…… 입 큰 여자예요."

갈모산방

'갈모산방'이라는 아이디를 처음 접한 나는 노시산방이니 녹우산방이니 하는, 문인들의 그럴듯한 옥호려니 싶었다. 어디 외떨어진 산방에 머물며 구름 잡는 꿈이나 꾸는 풍류객일지 모른다는 짐작도 했었다.

한옥 공부를 시작한 뒤에야 내 무지함이 부끄러워졌다. 갈모산방이란 전통한옥의 추녀에서부터 부챗살처럼 퍼지는 선자서까래 아래에 대는, 삼각형 모양의 부재를 일컫는다. 팔작지붕은 학이 날개를 편 것처럼 양 처마 끝이 휘어져 올라가 멋들어진 중지곡선을 형성하는데, 자연 상태에서 적당히 구부러진 재목을 구하는 일이 쉽지 않다 보니 처마도리 밑에서 인위적으로 서까래를 받쳐주는 받침재가 필요하게 된다. 이것이 바로 갈모산방이다. 도리와 추녀사이에 끼어 있어 쉬 눈에 띄지는 않지만 갈모산방이 없으면 한옥지붕 고유의 날렵한 맛을 내기 어렵다.

경상도 어디쯤에서 한옥 짓는 일을 하는 그 사람은 손전화도 터지지 않는 현장에서 며칠씩 일하다 들어와서는 일면식도 없는 문외한에게 새벽잠을 줄여가며 성실한 답 메일을 올려주곤 했다. 시간에 쫓겨 자세한 설명을 못해주어 미안하다며 언제라도 궁금한 점이 있으면 문의해도 좋다는 댓글과 함께였다. 따뜻한 인터넷! 온라인은 가끔 오프라인보다 사람을 더 감동시킨다.

눈에 띄지 않는 외진 곳에서 존재를 드러내지 않고 자기 몫의 삶을 묵묵하게 살아내는 갈모산방들이 세상에는 의외로 많다. 목소리를 높이지도 생색을 내지도 않고 제 가진 능력과 소유를 나누는, 그렇듯 아름다운 사람들이 있어 세상이 별 탈 없이 돌아가는 것 아닐까. 이마에 띠를 두르지 않고도, 광장에서 촛불을 들지 않고도, 갈모산방은 세상을 떠받친다.

동물 서커스

곰들이 나팔을 불고 있다. 벌건 대낮에 밑천을 드러내고 두 발로 곧추 선 곰 삼 형제가 하늘을 향해 팡파르를 연주한다. 마이크를 통해 흘러나오는 음악은 미리 녹음된 것이어서 이를테면 립싱크인 셈이지만 흉내만 내는 것도 힘에 부쳐 보인다. 그냥 서 있기도 힘든 폭염에 무거운 악기를 받쳐 들고 두 발로 걷는 일이 좀 죽을 맛이겠는가. 연신 흘리는 침에 목덜미가 축축해지고 빨간 조끼도 땀에 절어 눅진하게 늘어져 있다.

다람쥐통 같은 우리에 갇혀 호랑이 한 마리가 쳇바퀴를 돌린다. 부리부리한 눈과 날카로운 이빨을 가진 금수의 왕 호랑이. 지축을 뒤흔들던 포효와 서슬 퍼런 야성은 어디로 다 가버렸는가. 무엇이 저를 사람들의 웃음거리로 전락시켜 제자리걸음을 걷게 하는가.

'산정 높이 올라가 굶어서 얼어 죽는' 눈 덮인 킬리만자로의 표범은 없다. 고픈 배를 움켜쥐고 산속을 헤매느니 밥걱정 따위만 내려놓을 수 있다면 풍각쟁이가 되어도 상관없다는 방통이 째마리들의 굴종이 서글플 뿐. 정해진 연한 동안 먹이를 삼키며 끊임없이 쳇바퀴를 돌리다 가는 것이 사는 일의 본말이라 여기는 저들은 거부할 수 없는 운명에 대한 최선의 방책이 순명順命이라 여기고 있을지 모른다.

위장 에너지를 존립요건으로 하는 생명체치고 먹이 앞에 순치되지 않을 목숨은 없다. 허리를 세우고 앞발을 치켜든 동물들이나 허리를 굽히고 무릎을 꺾는 인간들이나 따지고 보면 같은 신세다. 두 발 짐승이 네 발로 기는 게 치욕이라면 네 발 짐승이 두 발로 서는 것도 치욕일 것이다.

황홀한 둘레

황홀한 둘레

물을 볼 때는 가장자리를 먼저 보아야 한다.

중심이 뚫린 물은 서둘러 폭발의 흔적을 지우지만 밀려난 물결은 소리도 없이 바깥으로, 바깥으로 퍼져나간다. 복판의 소요가 가라앉은 뒤에도 둥글게 손잡고 원을 그리며 천천히 우아하게 뒷걸음질을 한다.

소멸의 예감이 가까울수록 물은 팔을 더 길게, 더 느리게 휘젓는다. 뜨겁고 아프고 치열했던 기억들 한 뼘 두 뼘 놓아버리고 스스로의 보폭으로 조용히 번져가 더 큰 아름으로 세상을 품는다. 떨림과 울림, 향기와 여운도 알고 보면 다 변두리의 일이어서 산 그림자가 다녀가는 곳도, 개여뀌가 실없이 흔들리는 곳도 복판이 아닌 가장자리다.

첨벙, 소리 내며 피어난 물꽃이 둥그런 물테로 번져버리듯, 아무도 눈여겨보지 않는 사이 삶도 그렇게 변방으로, 변방으로 떠밀려간다. 사람들은 언제나 중심으로, 중심으로 몰려들지만 둘레길을 한 바퀴 돌아보고 나야 동서남북이 몸으로 체감되는 법. 타종이 끝난 뒤 오래오래 그윽한 종소리처럼, 삶도 그렇게 느리게 또 둥글게 저물어 갈 수 있으면 좋겠다.

장독

아들 손자 며느리 올망졸망 거느린 배불뚝이 항아리가 잔디마당 뒤꼍에서 한가로이 볕을 쬔다. 실팍한 어깨, 흐벅진 배 둘레가 소금 두 가마도 너끈히 들이겠다. 무엇이 익어가고 있는 것일까. 제 안의 것들을 익히고 삭히느라 골똘해 있는 독들은 키 작은 들꽃들이 발치를 간질거려도 아랑곳하지 않는다. 봄도 꽃도 오는 듯 가는 것, 바깥세상 풍경이야 붙잡을 게 없다는 듯 단전에 힘을 모으고 일도정진하고 있다.

구수한 집장을 아까운 줄 모르고 퍼 담는 선배의 맨얼굴에 봄 햇살이 내린다. 산 뻐꾸기 울음과 개울물 소리까지 함께 치대어 곰삭혔을, 산골 된장 맛이 범상할 리 없겠다. 녹록찮은 세월, 시끌시끌한 세상에 등 돌리고 앉아 정갈한 안뜰을 가꾸어 온 선배에게서도 오래 익은 장 냄새가 난다. 불사조가 불에서 나오듯, 고통의 시간을 견디고 살아남은 존재들에게는 시간의 흐름에 휩쓸리지 않는 내공과 깊이가 생겨나는 걸까.

성찰의 시간을 외면한 채 낮도깨비처럼 살아내는 내게도 시간을 견디어낸 것들에 대한 신뢰 같은 것이 있다. 썩지도 않고 흐르지도 않고 그윽하게 부활하는 장독 안의 시간들처럼 그렇게 발효되고 숙성될 수 있다면 빛도 바람도 차단한 채 내 삶의 어느 마디를 눈 딱 감고 봉인해두고 싶다. 넓게 파야 깊게 팔 수 있다고, 내면에 집중하면 내면이 좁아진다고 줄기차게 쏘삭거리는 도시의 노회한 원심력에 언제쯤이나 초연할 수 있을까. 오래된 책들이 꽂혀 있는 오래 만난 사람의 글방에서 오래 묵힌 보이차를 나누어 마시며 오래 묵은 것들의 향내를 생각한다.

귀

욕망의 단초를 여는 건 눈이다. 아름다운 것, 먹음직스러운 것, 갖고 싶은 것에 눈이 먼저 혹 하고 마음이 따라 동한다. 견물생심, 심물상응心物相應이다. 코도 가끔 거든다. 냄새가 식욕을 자극하면 입이 욕망을 실현한다. 어린아이는 눈도 뜨기 전부터 뭐든 입으로 가져간다. 응어리진 화와 눌러둔 한도 결국 입으로 쏟아져 나온다.

귀는 늘 점잖다. 탐욕스런 입과 한 통속으로 맞장구치거나 함부로 부화뇌동하지 않는다. 나쁜 말이나 탁한 소리를 들어도 동요를 하거나 흥분하는 기색을 보이지 않는다. 훌쩍이거나 삐죽거리지 않고 한 쪽을 쫑긋거려 누구를 유혹하려 들지도 않는다.

가만히 있다 해서 좋고 나쁨이 없는 건 아니다. 아름다운 소리는 귀에 달지만 시끄러운 소리는 거슬린다. 단지 내색을 안 할 뿐이다. 눈과 입이 작당하여 아첨하거나 알랑거리는 것을 교언영색巧言令色이라 하는데 귀는 교언도 영색도 하지 않는다. 누굴 위해 아부하며 누굴 위해 눈웃음치랴. 흔들리는 눈빛, 변명하는 입술과 달리 부끄러운 일을 하면 저 혼자 발그레하게 물들어버릴 만큼 정직하고 우직한 것이 귀다. 경망스럽고 호들갑스러운 눈 코 입과는 애당초 거리를 두고 물러앉아 침묵하는 성 밖의 무언군자無言君子, 그게 귀란 말이다.

비례와 대칭을 미의 근간으로 삼는 조물주는 눈동자나 콧구멍처럼 귓바퀴도 대칭으로 앉혀 두셨다. 하지만 귀는 다른 것들처럼 가까이 붙어 있지 않고 최대한 멀리, 반대쪽으로 떨어져 있다. 소리가 나는 방향을 입체적으로 감지하여 적의 공격에 대처하기 위함이다. 눈꺼풀과 입시울이 닫히고 심신이 다 잠든 뒤에도 귀는 위험을 가장 먼저 감지한다. 심장이 멎고 호흡이 끊어져도 최후까지 살아 있는 감각이 청각이라는 말도 있다. 잠들어도 잠들지 못하고 마지막까지 소임을 다하려 애쓰는 성실한 불침번이 귀인 것이다.

총명이란, 귀가 밝다는 총聰과 눈이 밝다는 명明이 합쳐진 말이다. 눈이 아무리 밝아도 귀가 어두우면 윤똑똑이다. 말 안 듣는 아이라든가 말귀를 못 알아듣는다는 핀잔의 말처럼, 총기와 명철이 귀와 관련되어 있다는 사실도 흥미로운 일이다. 말 잘 하는 사람은 많아도 말 잘 듣는 사람이 드문 세상, 대인관계에서 부드러운 카리스마를 발휘하는 사람들은 귀가 좋은 사람들이다. 남의 말을 주의 깊게 들어줄 줄 아는 사람은 큰소리치는 사람을 조용히 이긴다.

정독도서관 앞에 문향재聞香齋라는 찻집이 있다. "향기를 듣는 집"이다. 냄새를 어떻게 듣는단 말인가. 생명의 호흡을 관장하고 향기를 감지하는 코는 육신과 정신에 다 관여하지만 귀는 영혼에만 감응한다. 밥 냄새 돈 냄새 구린 냄새 같은 냄새는 코가 담당하지만 매화 향기 같이 그윽한 것들은 귀로 들어야 제격이라는 말이다. "눈은 리얼리스트고 귀는 시인"이라는 아치볼드 매클리시의 말대로 이목구비 중 가장 정서적인 기관도 귀가 아닐까.

이제 막, 메일에 딸려 온 트리움비라트의 'For You'를 듣는다. 지구 저편, 거친 남자들의 절규 같은 목소리가 비통하게 가슴을 찢는다. 새소리 바람소리 갓난 아이 옹알이소리, 조용필과 임재범, 미샤 마이스키와 클라라 하스킬……. 귀 없이는 누릴 수 없는 세상의 지복이 그렇게도 많은데 겸허한 귀는 그 무엇 하나 주장하지 않고 덤불숲 언저리에 조용히 비켜 있다.

시인들

"그 분 시 좋아. 겉보기엔 동네 아저씨 같은데 어떻게 그런 시상을 퍼 올리나 몰라."

우연한 자리에서 어느 시인 이야기가 나오자 누군가 그런 말을 하며 웃었다. 목숨의 가장 아름다운 진수를 뽑아 빚는 게 시일 터인즉 나머지야 좀 허술하면 어떠랴. 손수건에서 비둘기가 나오는 묘기만이 마술은 아니다. 지푸라기를 먹고 우유를 짜내는 소나, 간선도로 소음 속에서 순노랑 봄빛을 길어 올리는 개나리처럼 목숨의 저 안쪽, 컴컴한 지층을 탐사하여 반짝이는 별가루를 채탄해내는 시인들이야 말로 내게는 경이로운 마술사들이다.

시인은 태어나는가, 사육되는가, 봄날 올챙이처럼 알 속에서 고요히 부화되어 나오는가. 한 끼 밥값보다 헐한 시집을 팔아 수줍은 영혼을 먹여 살리는 사람들은 제각각의 언어로 발성하는 새들보다 더 다양한 운지법으로 세상을 클릭한다. 천박하고 가벼운 것들이 득세하는 세상을 진지하고 느린 눈빛으로 건너가는 시인들은 지표에서 반 발자국 공중부양 된 채 가시광선 바깥을 떠다니며 산다.

날선 직관, 말랑말랑한 감성, 달팽이의 더듬이보다 민감하고 사슴의 뿔보다 거추장스러운 자존심을 받쳐 들고 세상과 한 판 붙어보려는 사람들이 아직도 멸종되지 않고 지구 어느 모퉁이에 서식하고 있다는 사실이 눈물 나게 고마울 때가 있다. 넘치거나 또는 모자라거나—철인과 광인, 연인과 시인은 근본적으로 한 통속일지 모른다. 어떤 제국에도 복속되지 않는 자유로운 영혼, 눈매 깊고 말씨 순한, 지난 세기의 유민 같은 시인들을 만나면 술 한 잔 정중히 대접하고 싶다.

인연에 대하여

쌓아둔 책이나 읽으려 했는데 날씨가 좋으니 마음이 동한다. 어쩌면 마지막 가을볕일지 몰라. 시선이 자꾸 밖으로 향한다. 맘을 다잡아 돌아앉다가 한구석에 밀쳐놓은 우편물 더미를 뒤적거린다. 「거치른 고요, 제주」라는 글이 선명하게 와 닿는다. 제주 사진작가 ㅂ의 전시회가 명동 어디에선가 열리는 모양이다.

브로슈어를 넘기니 흑백으로 고요히 떠올라 있는 오름 사진 한 장이 눈에 들어온다. 지난번 홀로 오름에 올랐을 때 천지에 흔들리던 풀꽃들이 눈앞에서 생생하게 요동을 친다. '거치른 고요.' 바람 부는 봄날, 오름 위에서 바라본 제주 풍광이 그랬다.

전시회에 대한 기사 하나쯤 떠 있을 것 같아 인터넷을 검색한다. 전시장 홈페이지에 담당 큐레이터의 안내 글이 나온다. 전문가다운 심미안으로 예리하게 훑어낸 작품세계와 감각적인 문장이 맛깔스럽다. 문체가 탄탄하고 문장에 힘이 실려 읽는 맛이 상쾌하다. 내친 김에 몇 꼭지 찾아 읽으려다 마음이 앞장 서 행장을 차린다.

기왕 가는 건데, 작가에게 전화라도 할까 하다가 그만두기로 한다. 전시장에 있다면 반가워 할 테고 없으면 바람 한번 쐬고 온 셈 치면 된다. 누군가 자기를 향해 가고 있다는 사실을 눈치 채지 못하고 있을 그를 생각하니 상황이 갑자기 재미있어진다. 살아가는 동안 우리가 예감하고 계획할 수 있는 일이 얼마나 될까. 나다니엘 호손의 「데이비드 스완」처럼, 운명도 가끔 우리가 모르는 사이, 저 혼자 슬쩍 다녀가기도 한다.

그가 없다. 평일 낮 시간이어서인가. 생각보다 전시장도 한가하다. 갤러리를 지키는 긴 머리의 여자에게 작품 평을 쓴 큐레이터인가를 묻는다. 여자가 고개를 끄덕인다. 글이 좋더군요. 내가 말을 붙인다. 여자의 눈이 반짝인다. 일상과 유리되어 따로 노는 언어가 공허해 보여 시인이 되려다가 미학 공부로 방향을 틀었다는 여자는 조용하고 단호해 보였다. 데스크에서 귤과 차를 가지고 나오며 여자가 말한다. 오늘 너무 행복하네요. 글에 대해 칭찬해주시니 정말 힘이 솟아요 라고. 그렇게 말하는 여자는 정말로 기쁨에 넘쳐 보였다. 안다.

그 마음, 알고말고. 딸아이 정도의 여자와 간이의자에 앉아 제법 많은 이야기를 나눈다. 이야기가 잘 통해 기분이 좋다. 광화문에서 열리는 기획전시에 여자가 나를 초대한다. 계단 아래까지 따라 나오는 여자에게 나도 가볍게 손을 흔든다.

우연에 기대어, 예기치 않은 접속으로, 인연은 그렇게 만들어진다. 삶의 많은 부분들이 의지나 계획보다 우발적 충동적으로 선택되고 집행된다. ㅂ과의 만남도 그랬다. 처음 두모악에 들렀을 때 김영갑 선생은 이미 떠난 뒤였다. 갤러리를 맡고 있던 그와 사진 이야기를 하며 느릿느릿 친해졌다. 인생이 살아볼 만한 것은 예정된 운명이 아닌 우연과 돌발성 때문일지 모른다. 그 돌발성마저 누군가 정교하게 연출해둔 것일지도 모르지만 말이다.

죽의 말씀

외출했다 오는 길에 죽집에 들렀다. 별것도 아닌 일, 사소한 갈등으로 속을 끓였더니 소화가 안 되어 더부룩했다.

작은 홀 안이 사람들로 꽉 차 앉을 자리가 눈에 띄지 않았다. 웰빙 바람을 타고 신분상승을 한 죽은 아픈 사람이 먹는 음식이라는 고정관념을 벗어던졌다. 적은 양식으로 밥그릇 수를 늘려야 했던 이 땅의 아낙들이 궁여지책으로 고안해냈을 거라는 출생신화도 털어버렸다. 먹기에 편안하고 포만감을 주는 반면 칼로리는 적으니 몸 찌부둥하고 마음 산란한 오늘 같은 날, 내게는 딱 맞는 끼니꺼리다.

구석자리 하나를 차지하고 앉아 야채굴죽 한 사발을 시킨다. 맞은편 벽에 사진작가 배병우의 소나무 달력이 걸려 있다. 다양한 높이의 무채색 톤들이 몽환적으로 어우러져 있는 그의 사진들은 풍경 밖에 서 있는 사람을 풍경 안으로 곧잘 끌어들인다. 나뭇가지 사이 안개입자들이 촉촉하게 살갗으로 스며오는 기분, 콘트라스트가 선명한 사진이었다면 흑백의 대비 밖에는 보이지 않았을 것이다.

아주머니가 죽 쟁반을 내려놓는다. 백자 종지에 담겨 나온 밑반찬들이 정갈하다. 해진 무명처럼 날깃날깃 풀어져 있는 죽 가장자리에 조심스럽게 숟가락을 얹는다. 조금씩 제 바깥을 헐고 눅진하게 어우러진 밥풀들이 목구멍 안으로 내려가기 직전, 기어이 내게 한 말씀을 하신다. 칼로 두부 긋듯 매사 야멸치게 나누는 것만이 능사는 아닌 법이라고. 그대가 먼저 풀어지고 허물어져야 남의 속도 편안하게 풀어줄 수 있다고.

화형

골짜기 옆, 개복숭아 나무가 화염에 휩싸여 있다.

찬 서리 칼바람을 맨몸으로 이겨낸 나뭇가지가 무얼 그리 잘못했기로 선채로 그렇게 화형火刑을 당하는가. 무릎 꺾고 조아리지 않아서인가. 엎드려 길 줄 몰라서인가.

소낙비 땡볕 여름내 참아낸 화살나무 울타리도 가을이면 제일 먼저 화형을 당한다.

아니, 아니다. 화형이 아니다.

분신焚身이다.

자폭自爆이다.

감추고 다독여도 솟구쳐 오르는 제 안의 정염을 어쩌지 못해 나무가 스스로 생 몸뚱어리마다 폭죽을 매달고 뜨겁고 고요한 불길 속으로 송두리째 저를 던져 넣는 것이다.

만발하는 슬픔도, 맹목의 광기도, 제 안의 신열로 환하게 불 지르고

꿈꾸듯 벌을 받는

벌을 받듯 꿈을 꾸는

세상에서 가장 황홀한 형벌

화형花刑이다.

꽃 고문이다.

독나방보다 화사한 꽃불나방들 가지마다 환하게 내려앉아서

뭉클뭉클 뜯어 뱉는 선홍빛 피멍울 참아내지 못해

조붓한 오솔길 골짜기 아래 불온하게 나자빠진 개복숭아 한 그루

마침내 불 속으로 뛰어들어 버렸다.

외사랑

서편 하늘에 초승달이 떴다.

어디론가 서둘러 달음질치는 달, 실눈썹 같은 달의 뒤를 허위단심 따라붙는 별 하나가 보인다. 개밥바라기다. 커졌다 작아졌다 숨었다 나왔다 시시때때 변덕을 부리는 달 주변을 에워 도는 별을 전에도 몇 번인가 만난 적이 있다.

가까이 달려와 안기지는 않아도 주변을 서성이는 별 하나 있다는 것을 눈치 채지 못했을 리 없건만, 달은 모른 척 달아나기만 한다. 보폭을 줄이지도 돌아보지도 않고 제 갈 길만 재촉한다. 구부러진 등밖에 볼 수 없어도 그마저 놓칠까 봐 잰걸음을 하는 별, 글썽글썽한 눈물이 금세라도 왈칵, 내 창 안으로 쏟아져 내릴 것 같다.

사랑이라는 권력게임에서는 인색한 쪽이 갑, 더 많이 사랑하는 쪽이 을이 되는 것 같다고, 낮달처럼 웃던 ㅈ이 생각난다. 외출했다 돌아와 보니 누군가 제 밭에 꽃씨를 한 가득 뿌려둔 것 같다며 철없이 들떠 있던 ㅁ도 떠오른다. 이랑이 터질 만큼 뿌리가 벌어 어쩔 줄 몰라 하던 그들의 외사랑은 그 후 어떻게 되었을까.

이런 밤에는 브람스를 들어야 한다. 사십 년 넘게 스승의 아내였던 한 여자를 바라보며 산 남자, 그 남자의 가슴 갈피에 밀랍처럼 굳어 있었을 비애와 정한이 뜨거운 얼음으로 녹아내린다. 사랑이란 얼마나 오랜 기다림과 절망, 순간순간의 회의와 불길한 예감 같은 것과 투쟁하며 피워내는 꽃이라더냐. 아무리 돌려놓아도 제 자리로 돌아가 버리는 우리 집 소나무 분재와 같이, 한 사람에게 향하는 마음으로 하여 일생 얼마나 쓸쓸하였으랴.

바이올린이 꺼이꺼이 운다. 닫힌 창문 저편에도 노란 헝겊별 하나, 빛을 잃고 울고 있다.

바람의 전설

왕버드나무가 양 옆으로 늘어서 있는 개천 길을 따라 걷는다. 군데군데 물웅덩이를 이루고 있는 어스름한 물 아래, 나무 그림자가 얼비쳐 있다. 허공에서 무심하게 흔들거리는 가지들이 물 아래로 비춰보니 수척하게 여윈 팔을 하늘거리며 어떻게든 서로 닿아보려고 안간힘을 하고 있는 듯이 보인다. 발끝이라도 닿고 싶어 테이블 밑으로 구두 장난을 하던, 아득한 날의 연인들처럼.

'아니, 이것들이 물밑작업을 하네?'

혼자 생각하고 혼자 웃다 혼자 숙연해져 발길을 멈춘다.

무엇으로 막을 수 있으랴. 그리운 것들끼리 닿고자 하는 저 간절한 몸짓을.

간절한 게 어디 나무뿐이랴. 아파트와 첨탑, 일층 카페와 건너편 갤러리도 사랑에 빠져 있을지 모른다. 낮에는 무심한 척 몰라라 하다가도 어두워지면 그윽해져 은밀한 눈빛을 주고받거나, 속살을 훤히 내보이면서 밤을 지새우기도 하니 말이다. 떨어져 빛나는 두 별들도,

마주보고 있어도 쓰다듬지 못하는 소파와 텔레비전도 남몰래 가슴앓이를 하고 있을지 모른다. "그대가 곁에 있어도 나는 그대가 그립다"며 속으로만 뜨겁게 달아 있을지 모른다.

속살거리는 버들잎 사이로 저녁 바람이 살랑거린다. 물 아래 그림자가 가만히 흔들린다. 다가가 성큼 얼싸안지 못하고 붙박인 채 늙어가는 소심하고 내성적인 존재들을 위하여, 달려가 안을 수도, 등을 기댈 수도 없는 발 묶인 저 나무들을 위하여, 어둠은 밤마다 휘장을 치고 하늘은 바람을 풀어 놓는다던가.

걱정 만세

세상은 본시 인간의 무대가 아닌 걱정들의 우주였다.

우주 공간을 부유하던 걱정 입자들은 수억 광년 동안 희박한 대기 속을 떠다니면서 정착할 대지를 찾아 두리번거리고 있었다. 그러다 마침내 생육에 적합한 최적의 영토를 찾아내었으니 지구라는 행성에 속한 인간이라는 숙주였다.

무색무취의 걱정 소립자들이 선별적으로 인간에게만 내리꽂힌 것은 아니었다. 나귀나 산토끼, 거북이 등딱지 위에도 별가루처럼 흩뿌려졌지만 바람에 날리고 햇볕에 바래 흔적도 없이 소멸해 버렸다. 오직 인간의 몸뚱어리에 당도한 입자들만이 민숭민숭한 살갗을 뚫고 활착에 성공했다. 적당한 흑암과 온습도 같은 최적화된 환경 속에서 소립자들은 점차 활성화되었다. 핏줄을 타고 궤도를 순환하며 융합과 분열을 거듭하던 무기물이 원시 유기체인 바이러스 상태까지 진화하는 데에는 오랜 시간이 흘러야 했다.

욕망을 삼키고 불안을 내뱉는 걱정 바이러스에게 인간의 몸은 최상의 숙주였다. 이런저런 욕망을 끊임없이 재생산하는 인체야말로 젖과 꿀이 넘치는 환상의 낙토였다. 그들의 진화와 함께 인간 역시 진화했다. 물질인지 생명체인지 분간이 안가는 원시바이러스가 어떻게 개체변이와 종족번식을 거듭한 끝에 오늘에 이르렀는지에 대하여는 세세하게 밝혀져 있지 않다. 확실한 것은 오늘날 걱정 바이러스에 감염되지 않은 인간은 찾아보기 힘들 만큼 그들의 진화가 성공적이라는 사실이다. 비가 와도 걱정 안 와도 걱정, 돈이 없어도 걱정 많아도 걱정, 끼니 걱정, 취업 걱정, 사교육비 걱정, 이마에 난 뾰루지 걱정, 통일 조국의 미래 걱정……. 손톱 밑의 가시 하나에서 왜 사는가까지, 일용할 걱정이 일용할 양식처럼 지상의 인간에게 공평하게 살포된다.

온갖 종류의 바이러스와 박테리아 같은 원시 유기체들이 딸기 씨앗처럼 콕콕 박혀 증식과 변태를 거듭하는 인체, 내 몸의 주체가 나이기는 한가? "닭은 계란이 더 많은 유전자를 생산하기 위해 잠시 만들어낸 매개체에 불과하다"는 사회생물학자 에드워드 윌슨의 말대로, 내 몸 또한 걱정 바이러스 같은 다양한 유기체들이 자기 존속을 위해 이용하는 거푸집에 불과한 것 아닐까. 혹 핏속에 숨은 유전자나 바이러스들이 표지만 남은 책 같은 몸뚱이에 '나'라는 개념을 주입시켜 놓고 불멸의 환상을 책동하며 생의 의지를 부추기는 것 아닐까.

인간의 몸이 창궐하는 바이러스들의 집단서식지에 불과하다 해도 그것들을 깡그리 퇴출할 수는 없다. 진화생물학적으로 볼 때 가장 오래 살아남는 종은 가장 힘 센 종도, 머리가 좋은 종도 아니다. 변화에 가장 잘 대처하는 종이 결국 끝까지 살아남는다. 감기만큼이나 변종이 많은 걱정 바이러스는 복제와 변이를 계속하며 끊임없이 신종으로 분화하기 때문에 욕망이 끝없이 재생산되는 인간이라는 생존기계 안에서는 그 어떤 종보다 궤멸될 가능성이 적어 보인다.

걱정 만세, 만만세!

인간들은 그렇게 아부해야 한다. 적자생존의 치열한 우주에서 도태되지 않으려면 가장 오래까지 살아남을, 최후의 승자에게 붙는 편이 유리할 터이므로. 대대손손 불멸을 꿈꾸는 걱정 바이러스, 스트레스라 이름하는 무수한 변종의 그것들이 더 나은 서식지를 찾아 이주하지 않도록 인체라는 대지 안에 이기심과 탐심을 지속적으로 배양해야 한다. 순간을 즐기라거나 마음을 비우라는 현자들의 헛소리에 현혹되지 말고 집착과 욕망에 충실해야 한다. 죽음의 공포를 몰아내는 것이 죽음 밖에 없듯, 걱정과 스트레스가 사라지는 날이 인류 최후의 날일 것이므로.

하늘

참새소리가 아침잠을 깨운다.

짧고 청아한 스타카토가 새벽하늘에 점점이 흩어진다. 존재의 빗장을 지르고 골방 한구석에 모로 누운 나는 저렇듯 작은 몸통, 작은 부리 하나로 허공을 장악하는 새소리에 놀란다.

짹, 짹, 째잭, 짹…….

가만히 들어보니 그것은 결단코 참새 뱃속에서 울려 나오는 소리가 아니다.

새가 그 족집게 같은 부리로 투명한 피륙에 송곳 구멍을 낼 때마다 뜯어진 장막 거스러미 사이로 뾰족하게 비어져 나오는 하늘의 비명이다.

째잭 짹 째잭, 아, 아얏! 집어 뜯지 마. 아프단 말이야. 째잭…….

쪼고 뜯고 찌르고 튕기고, 입 심심한 새들이 제 욕심만큼 하늘 한 자락 꼬집어 뜯을 때마다

뜯긴 자국만큼, 그 틈서리만큼, 하늘도 엄살스럽게 지저귀어보는 것이다. 엇박으로, 자진모리로, 메나리조로, 발발성으로, 짹짹 꺅꺅

호르르르 뻐꾹!

이제는 아무도 올려다보지 않는 이마 위의 공동空洞, 저 빈 하늘은 착한 새들이나 이따금씩 깜냥대로 희롱해볼 뿐이어서 그 파적破寂의 선심조차 눈물 나게 고마워진 하늘이 화답이라도 하듯이 짧은 영탄조로 잠깐 잠깐씩 우짖어보는 것이다.

신도 하늘도 까마득히 잊고 사는 인간들에게 가냘픈 새소리를 빌어서라도 남루한 현존을 시위해 보자는 것이다.

달

산책이나 하려고 집을 나섰다.

산딸나무 흰꽃 그늘을 지나 재건축 아파트 샛길에서 잠시 하늘을 올려다본다.

길게 비껴 솟은 기중기 끝에 노란 달이 걸려 있다. 이제 막 반달을 지나 살짝 배가 불러지고 있는, 수줍디 수줍은 새댁 같은 달이다.

신호등을 건너 천변에 내려온다. 동네 어귀에서 보았던 달이 어느 새 물속에 잠겨 있다. 달을 풍덩 빠뜨려놓고 무엇을 또 옮기러 갔는지 기중기는 이제 보이지 않는다. 저를 옮겨온 기중기 끝에서 강력한 자성이 옮겨 붙은 것일까. 달이, 아득한 시간 속의 사람 하나를 순식간에 내 안에 끌어다놓는다. 달빛 쏟아지는 창가에 서서 '대답 없는 너'를 열창하던 친구는 서둘러 먼 데로 떠나버렸는데, 내 안 허방에 난데없이 부려진 그림자는 누구인가.

별들도 하나 둘, 졸린 눈을 부비고 나온다. 따스하고 어릿어릿하고 그렁그렁한 저 별들은 이미 지상에서의 복역을 마치고 하늘로 옮겨 앉은 영혼들이 정든 사람, 정든 땅을 향해 나 여기 있노라 잘 있노라 안타깝게 타전하는 눈빛 같은 게 아닐까. 수억 광년을 내리 달려온 저 별빛 중에는 진즉 와해되어 없어져버렸거나 귀퉁이가 닳아 떨어져나갔거나 우주의 먼지로 떠다니다가 내 어깨에 내려앉은 별도 있을 것이다. 이미 죽은 것들에 마음 시리고 이미 떠난 사람을 그리워하면서도 눈 가린 말처럼 내달려야 하는, 지구열차의 좌석은 역방향인가.

강물에 안긴 달이 바람에 들썩인다. 들썩이는 것은 달그림자뿐, 달은 여전히 하늘 가운데 냉랭하게 박혀 있다. 차고 기울고 다시 차는 시간을 품어 안으며 시간과 공간, 산자와 죽은 자를 네트워킹하는, 달은 가장 오래된 서버, 눈으로 클릭하는 첨단의 윈도우이다.

피

어릴 적부터 피가 무서웠다. 깨진 무르팍이나 베인 손가락에서 배어나오는 새빨간 피도 무서웠지만 한 달에 한번, 극장에서 단체로 반공영화를 볼 때마다 화면에 낭자하던 선혈이 더 끔찍했다. 이담에 크면 수면제를 꼭 사들고 다니리라, 그래서 공산군이 쳐들어오면 내가 먼저 알약을 삼키고 죽으리라, 그런 결심을 하기도 했다. 죽는 것보다 무서운 것이 총 맞고 피 흘리는 아픔이었다.

중학교에 들어간 어느 날인가부터 더 이상 피가 무섭지 않게 되었다. 피는 여자가 여성으로 살고 있음의 증표 같은 것, 피를 볼 수 없는 여자는 여자도 아니었다. 싸움터나 사고현장이 아니면 피를 목격할 일이 드문 남자에 비해 여자는 한 달에 한번, 불가피하게 피를 보며 산다. 여자가 남자보다 독한 이유도 수시로 피를 보기 때문일지 모른다.

살다보니 또 알게 되었다. 피 흘리는 상처보다 더 무서운 고통이 피도 안 나는 아픔이라는 것을. 베인 손가락이나 무릎의 상처를 들여다보며 엄살 부릴 때가 좋았다는 것을. 한 달이 아니라 일 년이 가도 피 볼 일이 없어진 지금, 나는 다시 피가 무섭다. 나이 들어가는 남편의 얼굴에 갈수록 선명해지는 시어머니의 얼굴, 외할머니로부터 친정어머니, 친정어머니로부터 나에게 전해진 작은 점 같은 빨간 사마귀가 머지않아 딸에게서 발견되리라는 예감이 피의 집요함을 실감케 한다. 생명체라는 징검돌을 이어붙이며 시간과 짝을 지어 골골이 내달리는 수십 억 저 붉은 강들은 어느 바다 어느 하구를 향해 침묵으로, 침묵으로 흐르고 있는가.

연리지

굽은 파이프가 허리 아래로 파고든다. 둥치와 둥치가 V자로 연결된다. 우듬지로 흘러든 우주의 기운이 한 나뭇가지에서 다른 나뭇가지로 은밀하게 교차한다. 수액이 내통하고 살이 녹아내린다. 생사도 음양도 분간되지 않는 시간, 물이 흐르고 꽃이 핀다.

번진다. 부챗살 같은 희열이 부름켜를 따라 가지 끝으로 번져간다. 실핏줄을 역류해 잔가지로 전송되는 미세한 떨림에 가지들이 진저리를 친다. 잎사귀가 부르르, 여진으로 흔들린다. 초록빛 혀를 나부대는 새들이 하늘 밖으로 흩어진다. 잎사귀는 수분을 증발시켜도 몸의 기억은 휘발하지 않는다.

'사랑은 교통사고와 같다'라고, 어디엔가 썼던 기억이 난다. 느닷없이, 아무런 준비도 없이 얼결에 맞닥뜨릴 수 있다는 뜻이다. 정정한다. 사랑은 천재지변이다. 교통사고는 나다녀야 일어나지만 사랑은 앉은 자리에서도 피할 수 없다. 단지 옆자리에 있었다는 이유만으로 벼락치듯 끌려드는 속수무책의 운명은 접촉사고 아닌 천재지변에 가깝다.

골목

골목은 눈부시지 않아서 좋다. 휘황한 네온사인도, 대형마트도, 요란한 차량의 행렬도 없다. '열려라 참깨!'를 외치지 않아도 스르륵 열리는 자동문이나, 제복 입은 경비원이 탐색하는 눈빛으로 위아래를 훑어 내리는 고층빌딩도 눈에 띄지 않는다. 길목 어름에 구멍가게 하나, 모퉁이 뒤에 허름한 맛집 하나 은밀하게 숨겨두고, 오가는 사람들의 발자국소리를 일상의 맥박삼아 두근거리는, 웅숭깊고 되바라지지 않은 샛길이어서 좋다.

골목은 자주 부끄럼을 탄다. 큰 줄기에서 뻗어 나와 섬세한 그물을 드리우는 잎맥과 같이, 골목도 보통 한길에서부터 곁가지를 치고 얼기설기 갈라져 들어간다. 하여 골목의 어귀는 대충 크고 작은 세 갈래 길을 이루게 마련인데 어찌된 일인지 골목들은 입구 쪽을 어수룩이 숨겨두기를 좋아한다. 한두 번 다녀간 골목을 선불리 찾아 나섰다가 낭패를 보게 되는 것도 그들이 일쑤 낯가림을 하기 때문이다. 여기다 싶은데 없고 저기다 싶은 데 아니다. 눈앞을 가로막는 시멘트

벽의 완강함, 4차원의 입구처럼 사라져버린 미로를 몇 바퀴씩 서성거리고 나서야 목적지를 발견할 때도 있다. 해진 속옷과 빛바랜 수건과 색색의 양말짝들이 담장 너머로 공중그네를 타고, 밤사이 새끼를 친 무수한 말들이 담벼락 사이로 수군수군 넘나드는, 응달진 사람들의 남루한 삶터가 부끄러워 골목은 자꾸만 꼬리를 감추고 싶어 하는지 모른다.

용케 골목 입구로 접어들었다 해도 안심할 것이 못된다. 이 좁다랗고 다소 내성적인 공간은 낯선 사람들에게 속내를 드러내기를 꺼려하는 것 같다. 진행에 따라 약간의 전망을 예측하게 할 뿐, 모퉁이 뒤에서 기다리는 정경을 속속들이 암시하지도 않는다. 뒤를 돌아본다고 해서 사정이 달라지는 것도 아니다. 방금 지나온 풍경도 가뭇없이 여미어버리고 밋밋한 회벽만 내보이며 딴전을 피우기도 한다. 과거란 빨리 잊을수록 좋은 거라고 충고라도 하려는 듯이. 골목의 이런 은폐성이 난처한 사람들에게 도움이 될 때도 없지는 않다. 골목이 없었다면 늦은 밤 애인을 바래다주던 청년이 느닷없이 돌아서 키스를 훔칠 용기를 내지 못했을 것이며, 코밑 검실검실한 삐딱모자 소년이 도둑담배의 유혹에 걸려들지도 않았을 것이다. 후미진 은신처에 웅크리고 있던 깍두기 형님들의 야행성이 제대로 발휘될 수 있었던 곳도 음습한 뒷골목 아니던가. 골목은 윤리를 따지지 않는다. 그런 걸 따지기에는 너무 인정에 약한 것일까. 아니면 그것이 골목의 윤리인지도 모른다.

골목은 약한 것을 강하게, 강한 것을 약하게 만드는 힘이 있다. 한길에서 피켓을 들고 아우성치던 사람도 골목에 들어오면 갑자기 순해져서 허리 굽은 노인에게 곧잘 허리를 굽히곤 한다. 큰길에서 씽씽 내달리는 고급차일수록 골목에 들어서면 맥을 못 추고 설설 기는데, 철가방 오토바이는 왕파리소리를 내며 홈그라운드를 가볍게 휘젓는다. 야채 트럭 아저씨가 '고랭지 배추 왔어요. 산지에서 직송한 사과가 왔어요!'를 기세 좋게 외치는 것도 한길이 아닌 골목길에서다.

골목의 시간은 느리다. 한잔 술에 거나해진 남자가 외눈박이 가로등 아래를 갈지자로 홍청이며 '사랑만은 않겠어요'를 흥얼거려보는 곳도, 산전수전 다 겪은 안노인들이 구부정한 어깨로 쭈그려 앉아 누추한 일상을 구시렁거려보는 곳도 시간이 멈추어 버린 골목에서일 것이다. 골목에서는 바람도 속도를 늦추고 모퉁이에 쌓인 눈 더미마저 급할 것 없다는 듯이 천천히 녹는다. 달각거리는 냄비 소리, 도란거리는 말소리, 선잠 깬 아기의 울음소리 같은 것이 진즉 생의 이면을 알아버린 사람들의 가슴조차 잔잔하게 흔들어놓고, 밥 냄새, 찌개 냄새, 비 오는 날 호박전 부치는 냄새가 가난했지만 가난을 몰랐던, 아늑하고 따스한 기억 속으로 우리를 가만히 데려다놓는 것이다.

땅 팔자가 사람 팔자를 닮는 것인가. 사람 팔자가 땅 팔자를 따르는 것인가. 신토불이란 먹거리에만 해당되는 말이 아닌 모양으로 골목은 그 곳에 사는 사람들과 여러 모로 닮은꼴이다. 탄탄대로변 초고층아파트에 사는 이들의 삶은 그 길을 닮아 거칠 것이 없겠지만, 좁고 가파르고 구불구불한 오르막에 둥지를 튼 사람들의 일상은 그 길처럼 구절양장이다. 쓰레기통과 폐지묶음과 고장난 자전거 같은 것들이 어지럽게 널려 있는 길모퉁이를 더트며 박스 쪼가리나 알루미늄 캔들을 모아 싣고 내려오는 꼬부랑노인을 만날 때면 살아가는 일의 신산함에 콧마루가 시큰거리고, 퇴락한 담장 밑에 홀로 붉은 봉숭아가 까닭 없이 서러워 보이기도 한다. 우중충한 현실, 숨기고 싶은 가난, 불확실한 미래를 다 벗어버리고 꿈속에서나마 메이저를 꿈꾸지만 마이너리그를 벗어나기가 쉬운 일은 아니다. 골목이 한길이 되기 어려운 것처럼. 내일은 또 내일의 태양이 뜰 것이라 꿈꾸기에도 그들은 이미 지쳐 있는지 모른다.

골목도 사람처럼 병들고 늙는다. 시름시름 앓아눕기도 하고 때 없이 몸살을 하기도 한다. 오래된 담벼락은 검버섯처럼 청태가 끼고 하수구에도 혈전이 생긴다. 칠이 벗겨지고 돌쩌귀가 떨어진 대문들이 바람이 불적마다 삐거덕거리며 가만가만 관절통을 호소하기도 한다. 그나마 그렇게 천천히 게으르게 늙어갈 수만 있어도 다행스러운 일이다. 천박한 개발 논리에 떠밀린 골목들이 어느 날 갑자기 떼죽음을 당하고, 거대한 메트로폴리스의 변방에 숨어 가까스로 살아남은 에움길들조차 혼탁한 상혼에 물들고 찌들어 본 모습을 잃고 아우성친다.

골목이 사라진 도시는 음영이 없는 얼굴처럼 각박하고 살풍경해 보인다. 말초 구석까지 양분을 전하고 산소를 공급해주는 모세혈관이 있어 순환이 되는 육신과 같이, 미세한 골목들이 손금처럼 퍼져 있어 도시 또한 소통의 활기를 얻는다. 풍성한 이야깃거리와 거친 삶의 에너지가 뒤섞이고, 사람 사는 냄새와 사람 사는 소리가 조화롭게 어우러진, 오래 늙은 골목들이 문득 그립다.

존재의 실상

계란을 꺼내려다 실수로 타일바닥에 떨어뜨렸다.

파삭,

짧고 사소한 소리를 내며 계란은 잘팍 엎질러져버렸다.

하나의 존재가 무너져내리는 소리는 그렇게 높지도 낮지도 않았다.

날카롭거나 심오하지 않았고 무슨 울림 같은 것도 남기지 않았다.

뼈도 깃털도 발가락도 없는, 풀어진 점액질을 멀거니 바라본다.

아름답지도 숭고하지도 않은, 서둘러 치워야 할 분뇨 같은 그것,

한 끼 찬거리조차 되지 못하는 미끈미끈한 질료 어디에 생의 기미가 스며 있었던가.

꽃잎은 꽃잎의 무게로, 밤송이는 밤송이의 무게로,

존재는 다 제각각의 무게로 허공을 흔들며 내려앉는다.

병원에서 엑스레이 사진을 들여다보며 비슷한 생각을 한 적이 있다.

흉한 해골과 구부러진 목뼈가 내 것임이 분명한 필름 속에는

머릿속 어지러운 상념도, 홧홧한 고통도, 어떤 정신의 화학반응도 잡히지 않았다.

계란 속에 삐약삐약 소리가 없듯 '나' 속에 '내'가 보이지 않았다.

단 한 번의 실족으로도 참혹하게 부서져 내릴 허접한 껍질을 덮어쓰고서

불사의 생명인 양 착각하며 산다.

껍질이란 분방한 내 영혼을 가두는 완고한 감옥일 뿐

참 나는 아니라고, 안이 참 나라고, 함부로 믿으며.

나는 껍질이다.

껍데기다.

껍데기가 정체성이다.

그게 나다.

그게 다다.

쓴맛

이른 봄, 내 밥상머리에는 머위나물이 자주 오른다. 쌉싸래한 잎, 부드럽게 살캉거리는 줄기. 살짝 데쳐 된장양념에 무쳐 낸 머위나물을 서너 접시쯤 먹어치우고 나서야 비로소 봄이 왔음을 실감하곤 한다.

머위나물의 쓴맛은 매혹적이다. 쓰면서도 아주 쓰지 않고 삼키고 나서도 혀끝에 와 감기는 미묘한 맛이 있다. 쓴맛이란 독이 들어 있다는 경고와도 같아 동물들은 본능적으로 쓴맛을 기피한다. 아이들도 쓴맛을 좋아하지 않는다. 오직 인간 어른들만이 인삼이나 커피, 고들빼기 같은, 쓴맛의 기호에 매혹당한다. 인생의 쓴맛을 알만한 시기에 쓴맛의 깊이를 터득하게 되는 것. 의미심장한 일이다.

단맛이 얕고 감각적인 데 비해 쓴맛은 깊고 사색적이다. 더 이상 다른 것을 먹고 싶지 않을 만큼 물리게 하는 것이 단맛인 데 비해 무언가 입가심거리를 끌어당기는 듯 뒤끝이 살짝 들리는 맛이라 할까. 달면 삼키고 쓰면 뱉는다는 옛말이 있지만 쓴 음식을 전혀 먹지 않으면 심장의 피가 부실해져 삶의 기쁨을 잃어버린다. 실패와 좌절을 모르고서는 참 행복을 누리지 못하는 것과 같다. 쓴 나물, 쓴 소리, 쓴 약, 이로운 것은 왜 쓴맛이 날까.

눈꺼풀

1.

8,000피트 상공에서 비빔밥을 먹고 칫솔질을 합니다. 영화도 보고 음악도 보고 책도 읽습니다. 유리잔에 찰랑이는 레드와인 한잔에 느긋하게 잠을 청해도 봅니다. 잠은 오지 않고 눈꺼풀만 무겁네요. 엠피쓰리를 낀 채 비몽사몽, 두어 시간을 그렇게 보냈지요. 기내등이 켜져 눈을 뜨려 했으나 양 꺼풀이 붙었는지 얼른 떠지지 않았어요.

의식은 또렷한데 눈꺼풀이 떨어지지 않는 상황. 당혹스러웠지요. 불꽃은 사위었지만 불기운이 남아 있는 숯덩이처럼 육체의 문은 닫혔으나 에너지가 완전히 고갈되지 않은 상태, 죽음도 이렇게 오는 것 아닐까, 그런 생각이 들더군요. 눈이 감기고 심장이 멈추고 의식이 끊기는 일들이 동시다발로 일어나지 않는다면, 눈꺼풀과 심장이 멎어버린 뒤에도 의식은 여전히 작동하고 있겠지요.

돌아가시기 몇 시간 전, 마지막으로 뵈었던 스승님 생각이 나요.

굵은 호스로 한 호흡 한 호흡 고통스럽게 넘기시던 선생께서는 마지막까지 의식을 놓지 못하셨어요. '행복했습니다. 감사했습니다. 편안히 가십시오'라고, 마지막 인사를 드려야 할 때인 줄은 알았지만 차마 말이 되어 나오질 않았지요.

침상 가까이 허리를 굽히고 손을 쥐어보았어요. 평소처럼 손이 따뜻했어요. 아무 말도 못하고 머무적거리는데 꼭 감긴 선생님의 눈두덩 아래로 눈물이 주르륵, 흘러내리더군요. 숨쉬기조차 고통스러운 극한의 시간까지 애써 정신 줄을 붙들고 계시다니. 평시엔 너무나 부럽던 당신의 명철이 그때처럼 원망스러웠던 적은 없었어요. '선생님, 제발 놓아버리세요, 그래서 빨리 편안해 지세요'라고, 소리 내어 말하고 싶었지만 발치 아래 물러서 깊숙이 고개를 숙이는 것으로 마지막 인사를 대신하고 나왔지요.

거실 가득 퍼즐 조각들을 늘어놓고 잠들어버리는 아이처럼, 감나무 그늘 아래 소꿉장난을 하다 저녁 먹으러 가버린 어린 날의 친구처럼, 벌여 놓은 자리 치우지 못하고 황황히 떠나는 게 인생인 것 같아요. 아침에 떴다 저녁에 지는 해도 한동안 붉은 기운이 남아 있는데 숨이 끊어지고 꺼풀이 닫혔다 해서 수십 년 온축된 생의 기억들이 설마하니 단숨에 사라져버릴까요. 빛과 소리의 속도가 다르듯 육신과 정신의 죽음도 제각각 다른 속도로 완성되어 적멸에 이르는 것 아닐까요. 육신의 빛이 사위고 난 다음에도 의식은 천천히 어두워질 거라는, 육신과 정신의 달리기 속도가 생각보다 크게 벌어질지도 모른다는 생각이 잠시 나를 두렵게 합니다. 그런데 좀 섬뜩하지 않나요? 이승과 저승 사이, 그 아찔한 크레바스가 눈꺼풀 바로 아래, 두 속눈썹 사이에 숨겨져 있다니요.

2.

스크린에서 살벌한 참극이 펼쳐지고 있어요. 적장에게 연인을 뺏긴 남자가 연적의 목덜미에 복수의 칼끝을 겨누는 순간, '야잇!' 소리가 귀청을 찢네요. 나는 얼른 눈을 감았어요. 보기 싫은 것들을 보지 않게 해주는 눈꺼풀의 효능, 붕어처럼 눈을 뜨고 있어야 한다면 아마도 무지 고통스럽겠지요.

살다보면 그렇듯 질끈, 눈을 감아야 할 때가 더러 있는 것 같아요. 팔뚝에 주삿바늘을 꽂을 때, 쓰디쓴 약봉지를 털어 넣을 때, 키스할 때, 아이 낳을 때, 번지 점프 할 때, 내 보폭보다 넓은 개울물을 단숨에 훌쩍 뛰어넘어야 할 때, 거나한 술자리 끝에 호기롭게 계산대 앞에 선 사내들도 그렇게 눈 딱 감고 카드를 긋겠지요.

번지 점프를 할 일도, 아이를 다시 낳을 일도 없겠지만 언젠가 한 번, 꼭 한번은 질끈 눈감을 일이 찾아들고 말겠지요. 키 작은 들꽃, 살갗을 스치던 바람, 마주 웃던 눈빛, 웃음소리들……. 그 모든 아름다운 것들을 등 뒤에 남겨둔 채 두 눈 멀쩡히 뜨고 돌아설 수는 없을 테니까요. 해가 지고 커튼이 닫히듯, 카메라 셔터 스르륵 내리듯 고단한 오척 단신 그 어디에도 다시는 밝은 빛 스미지 않게 양 꺼풀 꼭꼭 여며 닫지 않고선 눈이 부셔 떠날 수 없을 테니까요. 연습도 복습도 없는 대단원, 되풀이될 수 없는 마지막 한 번의 클로징을 실수 없이 마무리하기 위해 밤이면 밤마다 하루도 빼지 않고 다들 그렇게 열심히 커튼 여미는 연습을 하고 사는 것 아닐까요.

곰과 여우

이문동 어디쯤에 '곰과 여우'라는 허름한 분식집이 있었다.

아침저녁 학교에 오가는 길에 버스로 가게 앞을 지나다녔다. 버스가 정류장에 멈춰 설 때마다 조그만 간판에 눈길이 멎었지만 일부러 내려서 들어가 볼 기회는 없었다.

오래된 빈지문 안쪽에는 곰 같은 남편과 여우 같은 아내가 알콩달콩 가게를 꾸리고 있을 것이다. 곰 같은 남자가 라면을 끓이고 여우같은 아내는 김밥을 만다. 곰 같은 남자가 빈 그릇을 치우면 여우 같은 아내는 테이블을 훔친다. 무뚝뚝하지만 속 깊은 남자와 싹싹하고 셈 밝은 여자는 불에 덴 손가락을 불어주고 녹작지근한 어깨도 주물러주며 싱겁지도 짜지도 않게 간을 맞출 것이다.

졸업을 하고 출퇴근길에도 여전히 그 집 앞을 지나다녔다. 언제쯤 누구랑 짝을 맞추게 될지 막막하고 불안하였지만 '곰과 여우'라고 되뇔 때마다 가슴이 따뜻하고 뭉클해졌다. 아슴푸레한 수증기 같은 것이 마음 안쪽에 모락모락 피어나기도 하였다.

성질 급하고 잘 삐지는 곰과 소심하고 애교 없는 여우가 만나 타시락타시락 살아온 지도 이렁저렁 삼십 년이 다 되어간다. 시절이 변한 건가 가치관이 바뀐 건가. 요즘의 내 눈엔 여우같은 남자와 곰 같은 여자의 조합이 훨씬 더 이상적으로 보이기도 한다.

세상은 타악기다

마지막 이름

한동안 이름을 잊고 살았다.

잊은 건지 잃은 건지 알 수는 없지만 어느 집 새댁으로, 누구 마누라로, 누구누구 엄마로만 살았다. 이름 없이 사는 동안 나 또한 실종되었을 것이다. 이름을 찾기 위해서가 아니라 나를 찾기 위해서, 어디론가 떠내려간 나를 건지기 위해서, 이 골 저 골을 허우적거렸다.

글을 쓰고 나서부터 몇몇이 다시 이름을 불러주기 시작하였다. 아무개 씨에서 아무개 님으로, 아무개 선생님이라 부르는 사람도 생겼다. 촌스럽고 무뚝뚝한 내 이름이 맘에 들지는 않았지만 어렵게 찾은 이름을 분실하지 않으려고 깊은 밤 불침번을 서기도 했다.

살다보니 그때그때 이런저런 이름이 생겨나기도 했다. 시장에 가면 아주머니요, 백화점에 가면 고객님이요, 미용실에 가면 사모님이다. 운전미숙으로 접촉사고라도 나는 날에는 '이 아줌마가!' 하는 삿대질도 감수해야 한다. 처음에는 쑥스럽다가도 이내 익숙해지는 게 호칭이어서 사모님이라 부르면 사모님인 척, 선생님이라 부르면 선생님인 척 산다.

올 가을, 나는 다감하고 헌칠한 한 청년의 장모님이 되었다. 잘 키워놓은 남의 아들에게서 어머니 소리를 들을 때마다 염치없이 뿌듯한 기분이 든다. 얼마 후에는 할머니도 될 것이다. 할머니란 호칭이 달갑지는 않지만 내 아이의 아이에게 따스한 어른으로 기억되는 일도 나쁘지는 않을 것이다. 쓸쓸하면서 포근한 이름, 할머니. 할머니는 청춘을 반납한 여자에게 수여되는 마지막 작위일지도 모른다.

먼 길 떠나는 어른들을 배웅할 일이 잦아진 요즘, 인생의 말년에 또 하나의 이름이 기다리고 있다는 사실을 알게 되었다. 병원으로 왔다 병원에서 가는 인생. 비명횡사나 사고사가 아니고는 먼저 가신 분들의 마지막 이름이 하나같이 ○○○ 환자님이었다는 사실이 간간히 나를 슬프게 한다.

내력벽

처음으로 분양받은 27평 아파트에는 방이 두 개 밖에 없었다.

식당과 베란다 사이에 위치한 거실은 미닫이문을 닫으면 방으로도 쓸 수 있게 되어 있었지만 식구가 많지 않았던 우리는 거실로만 사용하였다.

미닫이문 양쪽에는 대략 1미터 정도의 흰 벽이 있었다. 별 불편 없어 보이던 그 벽이 아이들이 자라면서부터 차츰 눈에 거슬리기 시작했다. 벽을 헐고 미닫이를 걷어내면 거실이 한결 시원할 것 같았다. 실제로 넓어지는 평수보다는 시각적 효과가 더 클 것이지만 생각이라는 게 간사한 것이어서 한번 눈에 거치적거리기 시작하니 볼수록 답답하고 불편해만 보였다.

인테리어 업자를 불러 벽을 헐어낼 수 있느냐고 물었다. 안된다고 하였다. 건물의 무게를 지탱해주는 내력벽이어서 임의대로 헐면 법에 저촉될 뿐 아니라 안전에도 문제가 생긴다는 거였다.

헐어내고 싶어도 헐어낼 수 없는 벽. 내게도 그런 벽이 있다. 지붕을 떠받치고 구조물의 하중을 견디어 주는 그 벽을 헐면 집 전체가 무너져 내리거나 생존의 위협을 받을 수도 있다. 그런데 나는 그것이 존재를 지탱하는 기둥이고 버팀목이라는 사실을 자주 잊고, 내 삶의 전용면적이 그 두께만큼 줄어들었다는 불평만을 호들갑스럽게 과장하며 엄살을 부리곤 한다.

눈 오는 날에

도시에 내리는 눈은 창가에 서서 쏟아지는 눈발을 바라볼 때나 좋지 일단 지상에 내려앉고 나면 지천꾸러기로 전락하고 만다. 네 바퀴 초보 운전자는 물론 일생 두 발 운전만을 고수하고 살아온 동네 어르신들까지 엉금엉금 기게 만들어 질퍽거려도 얼어붙어도 여지없이 밉상을 면치 못한다. 그래도 겨울이 되면 언제 첫눈이 내릴까 기다려지고 함박눈이라도 푸지게 쏟아지면 나중이야 어쨌건 반가움이 먼저니 알 수 없는 노릇이다.

"어? 눈이잖아!"

무심코 창밖을 바라보다 놀라 혼자 탄성을 지른다. 새해 들어 첫눈이다. 흩날리는 눈송이에 내 마음도 잠시 먼 곳으로 날아간다. 눈 오는 날엔 하루 종일 눈만 바라보고 있어도 좋으련만, 그래봤자 눈 구경할 날이 그리 많지도 않으련만, 그뿐 돌아서 부엌으로 향한다. 그러고 보니 이제껏 눈 내리는 광경을 오 분 이상 집중해서 지켜본 기억이 없다. 눈뿐인가. 꽃도, 별도, 노을도 잠깐 일별하며 스치고 살았을 뿐, 그 무엇도 정성껏 바라봐 주지 못하였다. 그보다 중한 일이 무에 그리 많았기에 귀하게 만나는 아름다운 순간들을 느긋하게 누리지 못하고 스치듯 흘리며 살고 있는가.

그래, 오늘만이라도…… 느긋하게 마음먹고 창 쪽으로 의자를 돌려 앉는다. 눈송이가 아까보다 더펄거린다. 우리 눈엔 다 비슷해 보이는 저들도 구름에서 지표까지, 그 짧은 여정 동안 누가 먼저 지상에 당도하게 될지, 누구 것이 더 섬세한 육각 모양인지 다투고 견주며 내려오는지 모른다. 땅에 떨어지면 너나없이 흔적조차 없어질 신세라는 걸 알지 못하고 말이다.

쏟아지는 눈발을 바라보고 있으니 눈 온 아침, 마당을 쓸던 아버지 생각이 난다. 눈이 왔다는, 해가 떴다는, 일어날 때가 됐다는 잔소리 대신 사악사악 비질을 하시던 아버지. 잠결에 들려오던 아버지의 비질 소리는 아득하고 비현실적이었다. 빗자루가 대문 쪽으로 멀어

질 즈음이면 부엌 쪽에서 달그락거리는 소리가 들렸다. 밥 짓는 김이 문틈으로 새어들면 코까지 시리던 방안 공기가 훈훈해지고 아랫목은 더 따뜻해졌다. 나는 다시 자우룩이 잠에 떨어졌다. 눈 오는 날 그루잠은 눈 속에 발이 빠지듯 아늑하고 푹신했다.

허리 굽은 소나무 가지 위에 눈이 제법 쌓여 간다. 나이로 따지면 사춘기 정도밖에 안 되는 어린 나무인지라 조금 더 쌓이면 힘에 부칠 것 같다. 겨울 숲에서 폭설로 부러지고 쓰러지는 것도 소나무라는 이야기를 들은 것 같다. 다른 나무들은 눈이 와도 잡아 두질 않고 떨어지게 놔두는데 소나무는 욕심껏 붙잡아 두니 무게를 이기지 못해 부러진다는 것이다. 욕심이 팔을 부러뜨리고 몸을 거꾸러뜨리고 뿌리째 뽑히게도 한다는 사실. 상록수라고 뻐길 일이 아니다. 겸허하게 잎을 떨어뜨리고 있는 가을 나무 사이에서 홀로 독야청청 기개를 자랑하고 서 있는 것도 썩 좋아 보이지만은 않았다. 하긴 딱 한 그루밖에 심지 못할 좁은 마당 귀퉁이에 소나무를 심은 것도 독야청청 때문이긴 했지만. 장점이 단점이고 단점이 장점인 이치, 사람이라고 다를 바가 없다.

골목 어귀에서 눈 쓰는 소리가 들려온다. 부지런한 쌀집 아주머니가 점심 먹으러 들렀다가 눈발이 조금 성기어진 틈을 타 쓸고 나

가려는 것일 게다. 지난 주, 눈이 왔을 때 며칠 비웠다 돌아와 보니 우리 대문 앞까지 깨끗하게 비질이 되어 있었다. 골목 끝에 사는 아주머니가 빈 집 티가 날까봐 쓸어주었다 하였다. 집 지을 때부터 텃세를 부리던 이웃들 사이에서 묵묵하게 편을 들어주던 아주머니가 골목 안에서는 유일하게 세를 사는 분이라는 사실을 얼마 전에야 알았다.

눈이 그치려면 아직 멀었을 테지만 빗자루를 들고 거들러 나간다. 혼자서는 좀체 옮겨 앉지 않고 기어이 제 수발을 들게 만드는 지체 높으신 눈님, 그 눈님이 왕림하셨으니. 무엇이 급한지 급행으로 내려와 속절없이 땅속에 스며버리거나, 제 이름 하나 간수하지 못하고 울며불며 바닥을 기는 비와는 달리, 사뿐사뿐 춤을 추며 내려와서는 앉은 자리를 끝까지 지켜내는 눈이 태생적으로 더 귀하신 몸인가.

눈 내린 뜰이 하얀 엽서 같다. 얼어붙은 땅속뿌리들에게는 눈 이불도 아늑하고 포근할 것이다. 거대한 깃을 가진 설환조 한 마리가 하늘가 어디에서 몽글몽글한 솜털을 뽑아 종일 이렇게 흩뿌리고 있는가. 천년을 넘게 산다는 전설의 눈새가 허공을 한 바퀴 휘돌면 지상에 눈발이 흩날리고, 산꼭대기에 앉아 접었던 날개를 활짝 펴면 눈사태가 와르르 쏟아진다 하는데……. 눈새의 젖은 울음소리가 아스라이 들려올 것만 같아 국화송이만한 눈이 쏟아지는 잿빛 하늘을 아마득하게 올려다본다.

제목 없음

세 번째 책을 상재하기로 했을 때, 내가 붙인 제목이 "제목 없음"이었다.

신간도 아니고 선집도 아닌, 어정쩡한 책의 정체성 때문에 고심하다 붙인 제목이었다. 제목 없음이 제목이니 결국 제목을 못 붙인 셈인가.

"'제목 없음'이 제목이라고? 너무 나간 것 아니야?"

문단의 선배님이 훈수하셨다. 친구들도 '글쎄……'라며 대답을 흐렸다. 책을 내주기로 한 측에서도 마지못해 수긍은 하는 듯하였지만 그다지 달가운 기색은 아니었다. 여론에 밀려 고민고민 하다가 결국 다른 제목을 붙였다. 뒤바뀐 제목이 맘에 들지 않아 책에 애착이 가지 않았다.

제목 없는 글들, 제목 없는 날들, 제목 없는 인생…….

글도 삶도 한 마디로 뭉뚱그릴 수 없는, 이것도 저것도 아닌 채, 이것이면서 저것인 채 뒤섞이고 어우러지며 굴러가는 것 아닌가. 광고카피가 상품의 품질을 보증하지 못하고 사람의 이름이 제 안의 소소리바람을 대변해낼 수 없는데 꼭 의미를 붙이고 이름을 내걸어야 하는 것일까.

뱃심이 부족한 나는 다음 책에도, 또 다음 책에도 무엇인가 제목을 지어 붙일 것이다. 끝내 구경꾼으로, 아마추어로, 아웃사이더로 남고 싶은 내 삶의 마지막 비문만은 "제목 없음"이 되고 말겠지만.

콩나물

맹물 밖에는 삼킨 것이 없는 몸이 무슨 죄를 그리 지었다더냐. 고개를 못 들고 서 있는 콩나물, 정수리에 이따금 쏟아지는 물로는 말라붙는 입술도 적시지 못한다. 죄가 있다면 씻고 또 씻어야 하리. 말갛게 닦인 몸, 핏줄까지 들여다보이는 속살. 그 무구한 투명성으로도 해명하지 못할 진실이 있더냐.

기도하는 마리아, 시선은 늘 아래를 향한다. 발가벗은 하체가 부끄럽고 부끄럽다. 혼자서는 몸을 가눌 수도 없다. 여럿이 몰려 서 있다 해서 수치스러움이 감해지는 것은 아니다. 고개를 외로 틀고 허리도 살짝 비틀어본다. 까치발을 들고 컴컴한 하늘을 허우적거려도 본다. 잡히는 건 허공뿐, 뿌리 내릴 흙 한 줌 보이지 않는다.

할 만큼 해보다 산목숨 송두리째 보시해야 하는 게 살아 있는 것들의 숙명적 비애인가. 콩나물이 눕는다. 노랑어리연꽃처럼 웃고 싶었는데, 꼬투리 속에 조롱조롱 알도 품고 싶었는데…… 바윗돌 같은

건반 사이로 계면조의 울음이 아삭아삭 씹힌다. 아, 차라리 즐거운 자학, 내친 김에 노래라도 되어 볼까.

콩나물 대가리가 날아오른다. 사시랑이 육신 길게 편 음표들, 이랑 위에서 널을 뛴다.

예배소 풍경

파마를 말고 앉아 잡지책을 뒤적인다. 건너편 거울 너머, 머리를 자르러 온 젊은 남자의 얼굴이 보인다. 가운을 걸치고 어깨 위에 단정히 수건을 두르고 있는 모습이 말 잘 듣는 생도 같다. 하긴, 미용실 '선생님'들 앞에서야 얌전해지지 않을 도리가 없다. 마음만 먹으면 흉기로 변할 각종 연장이 산재해 있는데다 온갖 종류의 화생방 무기까지 구비되어 있는 곳이 미용실 아닌가. 크고 작은 가위들, 섬뜩한 면도날, 삐죽빼죽한 꼬챙이 빗과 가시방망이 브러시까지, 뜨거운 열기를 내뿜는 해머 모양의 드라이어와 머리통을 통째로 구워삶을 듯, 고문기구 비슷한 헬멧도 있다. 오가는 말들은 더 섬뜩하다. 죽일까요, 살릴까요? 확, 쳐 버립시다……. 싸늘하다 못해 살벌한 언어들이 태평스럽게 오고 간다. 죽이든 살리든 알아서 해달라며 목을 내놓고 웃는 사람도 있다.

거울 속 남자가 눈을 감고 있다. 날카로운 가윗날 앞에서도 저렇듯 무구하고 태평스러울 수 있다니. 불신의 시대, 미용사와 고객 사이의 돈독한 신뢰가 경이롭게 느껴진다. 고의든 실수든 자신을 해코지하지 않으리라는 절대적인 믿음 없이는 불가능한 일이다. 오래 참고 기다려주는 신보다 즉각적인 응답을 원하는 사람들은 부처님 예수님보다 원장님 선생님 앞에 믿음과 소망을 더 선선히 털어놓는다. 몇 푼의 지전을 바치기만 하면 눈앞에서 젊어지고 예뻐지는데다 쳐진 기분까지 올려붙여 주니 그런 위로와 구원이 있으랴.

외모가 경쟁력을 넘어 권력이, 권력을 넘어 신앙이 된 시대, 알 것 같다. 미용실 거울 앞에 앉은 사람들이 왜 하나같이 눈을 감고 있는지. 왜 성형외과 원장님 앞에서는 더 오래, 더 꼭 눈을 감아야 하는지.

허물벗기

가을이 사라졌다. 은행잎, 단풍잎 다 털어먹더니 야반도주를 해버린 것 같다. 옷장 안에 아직 걸려 있는 반소매 옷들이 선득해 보인다. 열일 재껴두고 옷장정리나 해야겠다.

유행 지난 재킷, 어깨가 늘어진 니트, 한때 즐겨 입던 견장 달린 버버리들이 붙박이장 한구석에 칼레의 시민처럼 비껴서 있다. 빛나던 날 함께 했던 기억 때문에, 수월찮이 값을 주고 산 거라서, 조금만 살을 빼면 그럴싸하게 소화해 낼 수 있을 것 같아서, 정리해고 때마다 살려둔 것들이다. 한때 총애를 받던 것들이 생명이 빠져나간 탈피각처럼 초췌해 보이는 것, 세월 탓이다.

버릴 것은 버리고 입을 만한 옷들은 수납장에 칸칸이 정리해 넣으며 삶이 가벼워지려면 칸 나누기와 분리수거를 잘해야 한다던 한 지인의 말을 생각한다. 맺고 끊기를 분명히 할 것, 밖엣걱정을 안으로 들이지 말 것, 영양가 없는 기억은 빨리 잊고 버릴 것, 그런 신조 때문인지 그의 삶은 늘 활기차고 경쾌해 보였다.

한나절을 이리저리 쑤석거리다보니 폭탄 맞은 것 같던 옷장 안도 그럭저럭 진정이 되어간다. 단순노동일수록 결과는 정직한 법. 개운한 마음으로 냉수 한 잔을 들이켜다가 선반 위 종이 박스에 시선이 꽂힌다. 가만, 저 안에 뭐가 들었더라?

먼지를 담뿍 뒤집어쓴 상자 안에 묵은 노트 몇 권이 적막하게 몸을 포개고 있다. 비 오고 바람 불고 낙엽지고 눈 내리던 날들의 치기어린 감상들, 떠내려 보내기 아쉬워 적바림해 둔 글귀들, 일상의 답답함을 토로한 존재론적 상념들이 기어가다 멈춘 개미떼처럼 듬성듬성 무더기져 있다. 향기도 빛도 바래버린, 소멸된 시간의 잔해 사이에 나를 세워두고 서성거려본다. 특별한 내용도, 이렇다 할 글귀도 눈에 띄지 않는다. 시간이 흘러도 나는 나일 뿐, 제자리걸음을 걷고 있어서일까. 지난날의 나에게 어떤 감흥도 느끼지 않을 만큼 너무 멀리 떠나와 버린 걸까.

기록들 중 많은 부분이 어떤 방식으로든 내 책 안에 투사되어 있다는 사실이 새롭다면 새로운 발견이었다. 벗어던진 허물을 스적스적 먹어치우는 큰줄흰나비 애벌레처럼, 생각이라는 벌레도 묵은 제

껍질을 뜯어먹으며 고치를 짓고 잠을 자고 이따금은 나비가 되어 날아오르기도 하는 것일까.

묵은 노트들을 폐지봉투 안에 던져 넣으며, 사는 일 또한 허물벗기에 다름 아니리라는 생각을 한다. 수없이 옷을 바꾸어 입고 매순간 나를 복제시키며 살아도 허물은 허물虛物일 뿐, 내 안 깊숙이 숨어 있을 실물實物은 끝내 빛을 보지 못하고 한 포기 백합처럼 시들고 말지 모른다. 날개인 줄 알았던 것도 시간의 환幻일 뿐, 세월이 지나면 그 또한 남루한 거스러미에 불과해보이지 않던가. 일생 아등바등 허물을 짓고 벗다가 생명이 빠져나간 몸뚱이 하나 덩그러니 남겨두고 떠나는 인생. 그러고 보면 삶이란 무수한 꺼풀 뿐, 핵核이 없는 빈탕일지 모른다. 눈물 콧물 흘리며 까보아도 알심이 없는 양파처럼 말이다. 아니면 껍데기가 알맹이고 알맹이가 껍데기인가. 그럴지도 모르겠다.

신은 네 박자

모든 아이들이 신을 알고 있다네,

혼내지도 않고 하지 말란 얘기도 없고,

오로지 네 개의 단어만 알고 계속해서 반복하네.

와서 나랑 함께 춤추자(Come dance with me).

14세기 페르시아 시인 하피즈(Hafiz)의 「네 개의 단어만 아는 신」이다. 심장의 무게를 깃털과 견주어 단죄하는 신도, 악인과 선인을 구분하여 천국과 지옥에 갈라 넣는 신도 아니다. 질투 하거나 복수하지 않는 신, 잘못을 기억하고 벌주지 않는 그 신은 금욕과 수행을 강요하거나 테두리를 만들고 가두어두는, 근엄한 신은 아닐 것이다.

하피즈의 신은 알고 있는 것 같다. 슬프고 지친 영혼들을 반복하여 혼내거나 하지 말라는 이야기만 계속하는 신이 그들에게 필요한 건 아니라는 것을. 인간을 위로하고 감싸 안는 데에는 네 마디만으로도 충분하다는 것을. 기승전결, 생로병사, 춘하추동, 길흉화복…….

태어나 꽃피우고 열매 맺고 스러지는, 우주의 기본 리듬이 네 박자 아닐까.

전지전능이 아니어도 좋다. 초능력과 기적의 신이 아니어도 좋다. 치유의 신, 긍정의 신, 외로울 때 함께 하고 슬플 때 편들어주는 신, 그런 신이 진짜 신이다.

'와서 나랑 소주 한잔 하세.'

'괜찮아, 걱정 마, 다 잘 될 거야.'

'살아 있는 것들은 무조건 행복하라.'

그것이 그의 지상명령인, 그런 신은 어디 계실까.

미간 眉間

솔 그늘 아래 쌍둥이섬이 떠 있다.

두 마리의 풀쐐기처럼 마주 보고 있는 섬, 그 섬의 나무들은 키가 자라지 않는다.

수양버들처럼 춤을 추지도, 억새처럼 휘파람을 불지도 않는다. 새 한 마리 깃들지 않는 검푸른 어둠, 바람보다 낮게 포복한 풀들만 가지런하게 잠들어 있다.

정해진 간격을 거스르지 않고 자리를 지키는 두 섬도 아주 가끔은 수상쩍게 맞붙을 때가 있다. 먹장구름이 하늘을 덮고 불온한 바람이 대기를 흔들면 섬과 섬 사이에 지각변동이 일어난다. 수면이 일시 출렁거리고 숲들도 꿈틀, 잠을 깨고 일어선다. 살바싸움보다 기 싸움이 먼저라고, 수크령처럼 털을 세운 섬들이 앞머리를 박을 듯 으르렁거리며 격돌한다. 아랫녘 호숫가에 번개가 치고, 남녘 어디에서 우레 소리와 따발총 소리가 뒤섞이기도 한다. 풍랑이 거세지고 해일이 일면 호수가 범람해 넘치기도 하지만, 섬들이 떠내려가거나 가라앉는 일은 유사 이래 한 번도 일어나지 않았다.

바다가 다시 잠잠해지고 섬들도 이내 평온을 되찾는다. 다가가 다정하게 말을 걸진 않아도, 때로 위태로운 일촉즉발로 맞서도, 정해진 자리를 박차고 나와 저 혼자 도망쳐버리는 일은 없다. 지켜야 할 거리를 지키는 것만으로도 제 몫을 다하는 존재들이 세상에는 더러 있는 법이다. 호숫가 방파제 기다란 풀 섬같이, 너무 가깝지도 멀지도 않게, 거리를 지켜낸 사랑은 오래 간다.

싹트는 남자

전철 안에서 노래를 듣는다. 주머니 속의 뮤즈, 스마트한 시간 도둑. 나는 요즘 그에게 빠져 있다. 공원에 갈 때도 잠자리에 들 때도 요즘엔 늘 그와 함께다. 요즈막의 나는 사랑에 빠진 사람들의 공통적인 징후를 여지없이 드러낸다. 그와 함께 하는 시간만큼은 누구에게도 방해받고 싶지 않다. 다른 만남도 당연히 줄었다. 좋아하는 음악에 젖어 있는 순간에만 본연의 나로 돌아와 있는 느낌이다.

건너편 좌석에 눈을 감고 앉아 있는 처녀도 귀고리 목걸이 대신 이어폰 줄을 늘어뜨리고 있다. 출입구 쪽 청년도 마찬가지다. 청바지 주머니에서 기어 올라온 케이블이 양쪽 귓바퀴 안으로 파고들며 사라졌다. 언플러그드(unplugged)에서 플러그드(plugged)로! 신인류의 반열에서 도태되지 않으려면 최신 버전의 신무기를 빠르게 장착해가며 낡은 본체를 부지런히 업그레이드시켜 주어야 한다.

전자 의족이나 인공심장을 이식하진 않았어도 현생인류는 사이

보그로 변신 중이다. 간이나 쓸개는 빼놓고 나와도 손전화를 두고 나왔다간 큰일이라도 날 듯 불안해한다. 입술이 못하는 말은 엄지가 대신하고, 신의 계율에는 불복해도 내비게이터의 명령에는 군말 없이 순종한다. 전자문명에 감염되고 중독되었다 하면 붉은피톨은 마이크로칩으로, 영혼은 나노 소자로 치환되어버리는가.

낯을 익히고 용법을 파악하기만 하면 인간보다 빨리 친해지고 쉽게 정드는 게 기계일지 모른다. 기계는 사람을 차별하지 않는다. 문명이 인간을 소외시킨다 하지만 소외당한 사람과 불평 없이 놀아주는 것도 기계다. 인종이 다르다고, 나이가 많다고, 부자가 아니라고 원칙 없이 내치는 법이 없고, 백 번 천 번 같은 일을 시켜도 불평을 하거나 짜증을 부리지 않는다. 감정도 융통성도 없는 기계라지만 기계야말로 인간보다 인간적일지 모른다. 아니 기계적이라는 말이 인간적이라는 말보다 한 수 위의 덕목일지도 모른다.

인간의 얼굴 중 가로로 재단된 눈과 입은 보기 싫고 먹기 싫으면 덮개를 닫고 지퍼를 채우면 그만이지만 세로로 부착된 코와 귀는 싫어하는 냄새나 듣기 싫은 소리도 속수무책으로 견디어내야 한다. 그러나 이제 귀는 더 이상 듣고 싶지 않은 소리도 여과 없이 참아내는 피동적인 장치만은 아니다. 아날로그 인간에 부착된 디지털 신체, 좋아하는 음악을 선별적으로 듣고 바깥 소음도 차단할 수 있는 양수겸장의 인공고막으로 동서고금의 악사와 가객을 언제라도 마음대로 불러 세울 수 있게 되었으니.

음악에 취해 눈을 감고 있는 동안 내 영혼은 고양된다. 아니, 물리적으로 들어 올려진다. 육신이 해체되고 영혼만 부유하는 것 같은 오롯한 실존. 나는 지금 이 귀에서 저 귀까지, 양쪽 관자놀이 사이를 수평으로 이어놓은 두개골의 윗부분만, 반구형의 울림통 형태로 떠 있는 것 같다. 높지도 낮지도 않은 눈높이쯤에서 허공을 유영하는 느낌이라 할까.

에릭 클랩튼의 'Tears in Heaven'이 천상의 눈물처럼 가슴으로 흘러든다. 허스키하면서도 애상적인 이 남자의 목소리는 슬픔조차도 감미롭다고 착각하게 만든다. 슬픔을 치유하고 위무하는 것이 기쁨이 아니고 슬픔이라는, 삶의 아이러니에 나는 안도한다. 기쁨은 표피에서 증발하지만 슬픔은 보다 깊숙이, 진피나 피하조직 어디쯤에서 천천히, 아주 조금씩 분해되고 배출된다. 슬픔에 관한 한 시간만한 명약이 없긴 하지만 유장하고 서러운 노랫가락이나 최루성 영화 같은 응어리에 침착시켜 무더기로 방출해보는 것도 대증요법對症療法으로 이따금은 유효하다.

무표정하게 눈을 감고 있는 사람들 모두 나처럼 혼자인 타인들이다. 같은 공간 같은 시간을 달리고 있지만 서로의 존재에 아랑곳하지 않는다. 함께 서 있어도 다른 꽃을 피우고 다른 열매를 매다는 나무들같이, 누구는 김광석을, 누구는 장한나를, 또 다른 누구는 안드레아 보첼리를 불러 세워놓고 각자의 기억과 상상 속을 배회한다. 제각기 노리는 사냥감을 찾아 도시라는 벌판을 숨 가쁘게 내달리는 21세기 유목민들에게, 음악은 경직된 심신을 이완시키는 긴장완화제요 불안을 해소시키는 신경안정제요 고통을 경감시키는 소염진통제다.

서 있던 사람들이 많이 내려 벌목한 숲처럼 전철 안이 훤하다. 그새 앞자리엔 플러그드가 더 늘었다. 이어폰을 꽂고 눈을 감고 있는, 건너편 좌석의 남자를 바라본다. 도시살이에 시달린 무표정한 얼굴 위로 매연과 소음을 견디고 서 있는 도시 복판의 가로수가 오버랩된다. 가슴팍 어디에 링거 병을 매달고 기사회생을 꿈꾸던 늙은 버짐나무처럼, 저 남자도 지금 가늘디가는 케이블을 통해 스스로 처방한 영양수액이나 문명의 해독제 같은 것들을 깊이깊이 흡입하고 있는 건가.

조는 듯 눈을 감고 있던 남자의 손가락 끝이 미세하게 들썩인다.

구두코가 가만히 움직거리고 입 꼬리가 살짝 당겨 올라간다. 물 마른 그의 영혼에 봄비처럼 노래가 스며, 수액이 돌고 피돌기가 빨라지고 있는 것 같다. 조금만 기다리면 닫힌 눈꺼풀이 파르르 떨리고 고개까지 흔들거릴 것도 같다. 약발이 먹히고 있는 중인가. 마른 구근 같은 그의 머리 위로 푸른 싹이 돋아 오르면 좋겠다. 경쾌한 음표처럼. 아지랑이처럼.

눈 가리고 아웅

오랜만에 친구를 만났다. 얼굴은 맑아 보이는데 머리카락이 반이나 세었다. 흑도 백도 부드럽게 중화시킬 것 같은 잿빛의 깊이에 신뢰가 간다. 나도 그렇게 늙고 싶었는데. 젊음을 가장하지 않고, 나이 듦을 부끄러워 않고 억새 우거진 가을 언덕처럼 백기를 휘날리며 항복하고 싶었는데.

염색을 시작한 지 한참이 됐는데도 미용실에 갈 때마다 생각이 많아진다. 왜 염색을 하려 하는가. 희어지면 희어지는 대로, 주름지면 주름지는 대로 왜 덤덤히 살아내지 못하는가. 젊어 보이고 싶어서인가. 아직도 끝내 여자이고 싶은가.

흰머리를 감추면 확실히 나이보다 덜 들어 보이기는 한다. 한 오 년쯤 밑으로 보이도록 눈속임을 하는 것도 어려운 일은 아니다. 그런데 그게 익숙해지니 염색을 안 하면 오히려 오 년쯤 손해보고 사는 느낌이 든다. 그게 본래의 모습이니 억울할 것도 없는데 말이다. 그러니까 염색은 남을 속이기에 앞서 나를 속이기 위한 일 같다. 늙어 가는 내 모습을 나에게 들키지 않으려고, 세상이 나를 돌려놓기 전에 내가 먼저 주눅 들어 돌아앉을까 겁이 나서, 주름살도 흰머리도 기를 쓰고 감추는 것이다. 눈 가리고 아웅, 얍삽한 유희다.

하기는 뭐 그렇게까지 결벽하게 몰아붙일 필요가 없을지도 모르겠다. 내가 나에게 속아주지 않으면 누가 내게 속아줄 것인가. 턱을 깎고, 가슴을 치올리고, 보톡스로 주름살을 편 여자도 제가 한 일을 깜박 잊고 제 미모에 반해 살아가지 않던가. 숨겨둔 도토리를 찾지 못한 다람쥐들 덕분에 동네 뒷산이 푸르러지듯, 제가 해놓고 제가 속는 여자들의 탁월한 건망증 덕분에 세상이 젊어지고 아름다워진다.

신영옥

조수미와 신영옥이 함께 만든 앨범을 듣는다.

영혼의 저 깊은 곳에서 길어 올리는 정결한 샘물 같은 노래들을 들으며 '인체야말로 최상의 악기'라는 클리셰(cliche)에 공감한다. 대중의 선호가 시간을 거스르면 고전이 되고 명품이 되듯 선도가 떨어진 상투적 표현은 진부하지만 진언眞言에 가깝다. 둘 다 우리 성악계를 빛낸 천상의 소프라노임은 분명하지만 나 같은 막귀가 들어도 소리의 느낌은 확연히 다르다.

조수미가 정오 해변에 떨어지는 햇살이면 신영옥은 저녁 산사를 비치는 달빛이다. 조수미가 광물성이면 신영옥은 식물성, 조수미가 다이아몬드이면 신영옥은 에메랄드다. 조수미의 노래는 짜릿하고 환한 전율이 일게 하지만, 신영옥의 노래는 아득하고 애잔한 향수를 불러온다. 조수미가 공작이면 신영옥은 백조, 조수미가 카틀레야라면 신영옥은 제주한란이다. 조수미가 붉게 타는 칸나나 달리아라 치면 신영옥은 백합이거나 아이리스다. 순전히 내 느낌, 지독한 편견이다.

목소리는 영혼의 무늬, 영혼의 결이다. 조수미의 목소리는 소리를 반사하는 유리창 같고 신영옥의 목소리는 소리를 흡수하는 창호문 같다. 소리에 그늘이 있다고 할까. 조수미가 신이 내린 목소리라면 신영옥은 신을 부르는 목소리다.

신영옥의 목소리는 명주실 같다. 산길에 핀 도라지꽃 같고 가을밤 홀로 우는 풀벌레 소리 같다. 티끌 하나 없는 가을 하늘이거나 바람에 살랑거리는 비단 테이프다. '넬라 판타지아' 나 '오, 사랑하는 나의 아버지' 같은 그의 노래들은 공연장의 갈채 속에서보다 조용한 시간에 홀로 들어야 좋다. 그의 노래가 음식이라면 화려한 호텔의 성찬이 아니라 소박하고 정갈한 한식 밥상 같을 것이다. 그 밥상 위에는 기름진 육류보다는 사찰 음식 같은 나물류가 더 많을 것이다.

나무, 관세음보살

살아서도 죽어서도 아름다운 것

혼자여도 여럿이어도 아름다운 것

늙어도 아름답고 늙을수록 더 아름다운 것

살아서 우리를 시원하게 하고 죽어서 우리를 따뜻하게 하는 것

살아서는 안으로 나이를 먹고 죽어서는 밖으로 나이를 먹는 것

살아서는 선 채 한뎃잠을 자다 죽고 나면 안방으로 모셔지기도 하는 것

살아서는 허공을 쓰다듬고 죽고 난 다음엔 제 순결한 살갗에 우리의 영혼을 받아 적기도 하는 것

죽어도 숨 쉬는 것

죽어서 더 뜨겁게 타는 것

죽어서도 향기를 잃지 않는 것

직립인간의 몸무게를 온 몸으로 받치다 다리가 부러지고 관절이 어긋나 삐걱삐걱 소리 죽여 울기도 하는 것

연년세세 소출을 내주고 발부리가 찍혀 순교당하여도 저를 찍어 넘어뜨린 자를 위한 소신공양까지 마다하지 않는, 푸른 옷의 천수관음, 신성神聖의 상형문자,

그 이름 나무, 관세음보살.

세상은 타악기다

홀로 앉아 저녁을 먹는다. 김치보시기와 깻잎장아찌 하나. 혼자 먹는 밥은 단출할수록 좋다. 먹거리가 단순해야 눈빛도 축생처럼 순해질 것이다.

라디오에서 노래가 흘러나온다. '사람이 꽃보다 아름다워'. 전주 부분이 매혹적인 이 노래는 첫 마디가 시작되기 전부터 내 몸의 세포들을 저릿저릿 일으켜 세운다. 비트가 강한 포크 록이나 댄스 음악에 관대해진 것이 언제부터였더라? 예전에는 잔잔한 발라드가 좋았는데. 삶이 가벼울 땐 쓸데없이 무게를 잡고 싶더니 사는 일이 버거우니 글도 노래도 가벼운 게 좋더라는 어느 친구의 말대로, 나도 지금 정신을 짓누르는 어떤 무거움으로부터 벗어나고 싶어 하는지도 모르겠다.

사람이 꽃보다 아름답다고, 내지르는 음색이 맑은 듯 거칠다. 허스키하면서도 다이내믹한 목청 한가운데에 녹슨 철심이라도 박혀있는 것 같다. 밥 먹던 손으로 장단을 치며 나도 흥얼흥얼 소리를 보탠다. 그럼, 꽃보다 아름답고말고.

리듬이 신명을 불러들이는가. 빈 그릇을 싱크대에 옮겨 놓다 말고 혼자 흥에 겨워진 내가 식탁을, 물 컵을, 접시를 두드린다. 기다란 나무젓가락을 양 손에 쥐고 문살도 기둥도 두드려본다. 사물의 저 깊은 안쪽에서 비어져 나오는 둔탁하고 어스름한 발성. 농담濃淡에 따라 수백 가지로 나뉘는 수묵 빛깔같이, 미세하게 다채로운 모노크롬의 비트가 침묵의 음역을 무작위로 난타한다.

세상의 사물들이 그렇게 다양한 소리를 품고 있는 줄을 나는 알지 못했다. 물병에, 도마에, 리모컨에, 냉장고에, 그렇듯 리드미컬한 흥과 신명이 숨어살고 있다는 사실을 눈치 채지 못하고 살았다. 비슷한 듯 다른 소리, 화장기 없는 무구한 소리들이 엇박으로, 까치걸음으로, 깨금발로 쏟아져 나온다. 사물은 소리의 압축파일인가. 손닿는 구석구석이 다 악기다. 그러고 보면 나는 악기 밖에서가 아니라 악기

안에서 연주를 하고 있는 셈인가.

세상은 타악기다. 두드려서 소리 나지 않는 것은 없다. 가볍게 속을 뱉어낸 낭인들은 악기라는 이름으로 화사한 가락을 휘감으며 살지만, 세상에 태어나 쓸모로만 기억되고 소모되는 물건들에게도 하고 싶은 말들이 있을 것이다. 한 마디만 거들면 참았던 눈물을 쏟아내고 마는 사연 많은 사람들처럼, 손가락 하나, 젓가락 하나의 장단만으로 그들은 가볍게 묵비권을 반납한다. 울고 싶을 때 누군가가 한 대 쳐주기를, 그리하여 무언가 그럴듯한 빌미를 만들어주기를 바라는 아이처럼, 누군가 다가와 굳어버린 먹가슴을 두드려주기를 내심 그렇게 기다리며 살고 있는지도 모른다.

세고 여리게, 길고 짧게, 사물들을 노크한다. 사물들이 화답한다. 존재와 존재 사이, 침묵과 침묵 사이에 잠들어 있던 소리들이 졸린 눈을 부비며 불려나온다. 기다렸다는 듯, 참고 있었다는 듯, 액자와 에어컨과 앉은뱅이 탁자들도 멈칫멈칫 사설을 쏟는다. 혹시 이 침묵의 수호자들은 사바세계에서 기어綺語의 죄를 짓고 구천을 떠돌다 전생의 업장을 소멸하러 돌아온 글쟁이나 정치꾼, 사이비 종교가의 넋이 아닐까. '내가 누구인가?' 아니면 '이, 뭐꼬?'하는 화두 하나 붙들고 제각각의 형량대로 묵언수행을 하고 있는.

무담시 그런 생각이 들다니. 누군가 묵언의 북채로 내 정수리를 내리친 게 분명하다. 생각이 뭔가. 물物과 아我가 충돌하여 일으키는, 머릿속의 스파크 같은 것 아닌가. 나만 사물을 두드리는 게 아니라 사물도 나를 두드리고 있었음을, 만물은 그렇게 서로의 가슴을 두드리며 살아가는 것임을, 침묵의 군상들이 준엄하게 일깨운다.

신명이 옮겨 붙은 내 젓가락이 집안 구석구석을 두드리며 맴돈다. 한 손으로 허벅지에 추임새를 넣고 다른 손으로 반닫이며 화병을 두드리며 바람도 울리지 못한 그들의 심장을 단도직입으로 도발해 들어간다. 단호하게 여며진 심장이 파열한다. 목소리를 잃어버린 것들의 분절된 속울음이 팝콘처럼 튕겨져 흩어진다.

두드림은 이제 유희가 아니다. 세상 모든 입 다문 것들을 위한 진혼의 축제요, 해원解冤의 춤사위다. 존재와 언어 사이의 불화를 넘고, 사물과 나 사이의 경계를 지우며, 내 안의 신명과 그 안의 정령이 한통속으로 맞장구를 친다. 덩 기더쿵 더러러러, 쿵 기덕쿵 더러러러, 덩 덕 더쿵덕, 덩 기덕쿵 더러러러쿵…….

이상한 거래

노트북을 사려고 매장에 들렀다.

말쑥한 차림의 젊은 직원이 제품의 특성과 사양에 대해 친절하게 설명을 한다. 일주일 이내에는 반품이나 교환, 취소가 가능하고 구입 후 1년간 A/S도 보장한다고 한다. 구입한 제품이 맘에 들지 않으면 특별한 하자 없이 환불도 가능하다고 한다.

수박을 사러 과일가게에 갔다.

달지 않으면 어쩌나 했더니 맛이 없으면 가져오라 한다. 쪼갠 수박도 바꿔주겠다는 이야기다. 먹다 만 수박을 되물릴 손님이야 많지 않겠지만 일단 신뢰가 가기는 했다. 인터넷 쇼핑몰을 하는 친구에게서도 환불하는 손님들 때문에 골치라는 이야기를 들었다. 충동구매로 사들였다가 마음을 바꾸는, '고객변심'이 문제라는 것이다. 어제도 오늘도 소비자는 왕, 교환과 환불을 보장하지 않고는 운영을 할 수 없다고 한다.

과일에서 블라우스, 노트북까지 교환과 환불이 가능한 세상에 그게 안 통하는 거래가 있다. 계약을 맺고 나면 반품이나 교환, 취소가 불가하다. 보증서나 사용설명서도 없다. 애프터서비스도 보장받지 못한다. 기대치에 어긋나도 절대 반품은 안하겠노라고, 중인환시리衆人環視裏에 서약까지 해야 한다. '고객변심'은 중대한 반칙, 맘에 안 든다고 갈아치워도 안 되고 여유가 있다 해서 여벌을 들여도 안 된다. 설령 어떤 수상한 바람이 마음 안쪽을 쑤석거려도 흔들리거나 한눈을 팔면 안 된다. 고장이 나든 녹이 슬든 기쁠 때나 슬플 때나 마흔 예순 여든까지 눈 딱 감고 참아내야만 한다. 불가피한 사유로 계약을 파기하면 엄청난 패널티를 각오해야 한다. 천하에 불합리하고 불공정한 거래, 그래서 '결혼은 미친 짓이다'다. 미치지 않으면 못하는 짓이다.

시대유감

인터넷 생태계가 자연생태계보다 훨씬 빨리 진화한다. 쉬지 않고 달려야만 겨우 제자리를 유지할 수 있다는 붉은 여왕의 나라에 진즉 입성해 있는 건가. 꽤 값을 치르고 산 손전화가 슬그머니 공짜 폰으로 전락하더니 다른 약정 없이도 최신 폰으로 바꿔 주겠다는 문자가 들어온다. 기술과 상상력이 견인하는 세상, 과거를 빠르게 폐기처분하는 신인류의 시대는 인류 최초로 늙은이가 젊은이에게, 어른이 아이에게 배워야 하는 세상으로 바뀌어버렸다. 왜 뛰고 있는지, 어디로 가고 있는지 알지 못한 채, 어제도 오늘도 습관화된 가속으로 생의 페달을 내리밟고 있다.

더 이상 노예로 끌려 다니진 않겠다고 구닥다리 단말기를 고수하고는 있지만 노예가 된 지는 이미 오래다. 서서 일하고 누워 충전하는 건 저나 내나 마찬가지인데도 종일 모시고 다니는 것도 모자라 머리맡에 공손히 눕혀두고 나서야 잠자리에 들곤 하니 말이다. 삼십 년 전에 헤어진 사랑과 가까스로 조우하는 꿈을 꾸다가도 그가 호출

하면 화들짝 일어나 앉아야 하고 삼십 년 옆지기의 잔소리는 못들은 척해도 그가 부르면 무조건 달려가 맞장구까지 쳐주어야 한다. 운전을 하거나 회식 중이라도 시시때때 돌아서 안색을 살피고, 샴푸 거품을 뒤집어쓰고 있다가도 불문곡직 빰을 맞추어야 한다. 좀 냉엄해 보이기는 해도 무소불위의 권력을 휘두를 만치 그다지 위협적으로 보이진 않는데 왜 다들 겁을 먹고 과잉충성을 하는 것일까.

영혼은 꺼내 외부장기에 저장하고 초 단위로 교신하며 피드백하는 젊은이들에게 피 한 방울 튀지 않는 모바일 혁명은 어떤 전투보다 치열하고 살벌하다. 낡은 하드를 수시로 버전업하지 않고는 따라 살기 힘든 신닥다리의 세상, 더 이상의 질주는 사양하고 싶어진다. 거대 자본의 살인적인 속도 경쟁에 언제까지 끌려 다녀야 한단 말인가. 오래된 것들은 낡은 것이고, 낡은 것들은 교체되어 마땅하다는 전자사막의 디지털 강령을 갈아엎고 구닥다리 아날로그로 슬로빙(slow-being)하고 싶다.

바다가 강이 된다

세상의 강들은 바다에 이르러 흔쾌히 이름을 반납한다. 생명 있는 것들이 대지의 품안에 미련 없이 이름을 던져 버리듯이.

바다는 강의 종착역, 뭇 물의 안식처이다. 들녘과 도시를 달려 마침내 몸을 푼 강물들은 긴 여정 동안 보고 듣고 경험한 천 가지 사연들을 쉴 새 없이 바다에 쏟아 붓는다. 바다가 주야장천 구시렁거리는 건 늙은 강들이 주워섬기는 시답잖은 소문들 때문일 것이다.

흐르고 흘러 당도한 바다도 항구적인 물의 안식처는 아니다. 해산한 산모처럼 느긋하게 일렁이며 잠시 평화를 꿈꾸어보지만 우주 만물을 한 코에 꿰는 순환의 고리를 벗지는 못한다. 하늘호수의 깊이를 재느라 첨벙거리는 새들과 저녁의 이마를 물들이는 노을과 핼쑥한 낮달을 만져보고 싶어 물은 또다시 승천을 꿈꾼다.

그리하여 "바다가 천개나 되는 젖가슴으로 태양을 향해 솟아오르는 것을 보지 못하는가?"라고 니체가 말하였듯이, 중력의 악령을 벗어나 하늘 높이 비상하고자 몸부림치는 것이다.

인간의 춤이 중력으로부터의 해방을 갈구하는 몸짓이라면 파도

는 바다의 춤, 물의 간절한 도약 의지다. 토슈즈를 신고 하이 점프를 하는 발레리나처럼 환골탈태한 물의 입자들이 날개를 달고 하늘로 오른다. 지상에서의 온갖 기억, 땀과 눈물과 짜고 쓴 소금기를 털어 버리고 가벼움의 열망에 사로잡혀 허공으로, 허공으로 솟구쳐 오른다.

깃털도 용골돌기도 없는 물의 비상에 추락은 언제라도 예정되어 있다. 산봉우리를 스치고 달을 품어보는 것도 잠시, 촛농이 녹아내린 이카루스처럼 지상을 향해 곤두박질을 친다. 허공에서 지표로 내리꽂히는 잠시 동안의 물의 궤적, 우리가 보는 비의 실체다.

지표로 붙들려 내려온 물에게는 당연하게도 대지의 신의 징벌이 기다린다. 흔적 없이 땅 밑으로 스며버리거나 엎드려 구불구불 기어야 하는 것이다. 한 방울 빗물이 도랑이 되고 도랑이 모여 냇물이 되고 냇물이 모여 강물이 되고……. 그렇게 끝없이 배밀이를 하며 물은 다시 바다로 되돌아간다.

시성 이백은 「장진주將進酒」의 첫 구절에서 "황하의 근원이 하늘에 있고(黃河之水天上來) 바다에 이르러 다시 오지 못한다(奔流到海不復回)" 하였으나, 바다에 이른 물은 하늘로 돌아가고 하늘에 이른 물은 강으로 되돌아온다. 모든 강물이 바다로 흐르듯, 모든 강물은 바다로부터 흐른다.

입술에 대해 말해도 될까

숙녀들의 점심식사, 접시와 수다가 바닥을 보일 무렵, 한 친구가 가만히 손가방을 열었어. 물자와 정보의 빈번한 출입으로 칠이 벗겨진 나들목에 도색작업을 하려는 거야. 여자들이 모이면 제일 바쁜 것도, 행복한 것도 입이잖아. 매끈한 금속 케이스를 돌려 와인 빛깔의 립스틱을 밀어올린 친구가 고개를 살짝 숙이고는 초승달처럼 입 꼬리를 올려붙였지. 화장도 하품처럼 전염성이 있는지 다른 친구들도 주섬주섬 파우치를 열고 제각기 거울을 들여다보기 시작했어. 차 가져왔어? 아니, 전철 탈 거야. 몇 호선이야? 뭐 그런 하나마나한 말들을 주고받으며.

"내일이면 잊으리. 또 잊으리. 립스틱 짙게 바르고……." 립스틱을 바르지 않으면 떠나간 사랑을 잊지 못하고 립스틱을 바르지 않고는 전철조차 탈 수 없는 여자들. 여자들은 왜 그리 립스틱에 집착할까. 선정적인 색조, 불온한 모양새로 손가락만한 캡슐 안을 들락거리는 수상쩍은 탄환 같은 그것에 말이야.

코코 샤넬이 그런 말은 했지. 여자에게 가장 강력한 무기는 립스틱이라고. 맨얼굴로도 자신이 있을 만치 출중한 미모이거나 외모 따위는 안중에 두지 않기로 작정한 투사가 아니라면 무기 없이 전투에 임하긴 어렵겠지. 그 무기라는 게 창인지 방패인지, 산 채로 적을 나포하기 위해 잠깐 동안 눈을 멀게 하는 레이저 총인지는 알 수 없지만 말이야.

세상의 딸들은 화장하는 엄마 모습을 곁눈질하며 여자로서의 아름다움에 눈을 뜨는 것 같아. 로션을 바르고 분첩을 두드리면 돋을볕처럼 환해지는 얼굴, 그 밝음의 정점에 립스틱이 있어. 정성스레 분을 바르고 눈썹을 그려도 입술을 칠하지 않으면 안색이 화사해 보이지 않지만 꺼진 램프처럼 어두워 보이는 민낯도 립스틱만 발라주면 생기가 확, 살아 보이거든. 치마가 계집아이의 성 정체성을 표현하는 패션이라면 립스틱은 성인 여자의 인증샷 같다 할까. 여자를 여자로 만들어주는 소도구, 일생 소녀에서 새댁, 엄마, 아줌마, 할머니 같은,

다양한 이름으로 살아내지만 립스틱을 바르는 나이 동안에만 명실공히 여자로 사는지도 몰라. 그런데 잠깐, 궁금한 게 있어. 조물주는 왜 인간의 입 언저리에 선명한 테를 둘러두신 것일까, 그것도 왜 하필 불과 피의 빛깔, 벽사의 주칠로 테두리를 쳐 놓으셨냐 이거야.

먹고 살기 바쁜 세상에 별 생각을 다한다고, 할 일도 퍽 없는 모양이라고, 구시렁거리는 소리가 들리네. 맞아. 할 일이 썩 없진 않지만 그다지 쓸모 있는 생각은 아닌 거. 하지만 이렇게 생게망게한 어리보기도 있어야 꽉 막힌 세상에도 숨구멍이 트이지 않겠어? 너무 똑똑해서 쓸 데 있는 생각만 하고들 사니 각박해서 살맛이 나느냐 말이야. 이만큼 살아보니 알겠더라고. 살맛이라는 건 먹고사는 일과는 별 상관이 없는, 쓸데없는 생각 근처에서 발생한다는 걸. 문학이니 예술이니 하는 것도 봐. 다 숫자나 효율에 매욱한 사람들이 세상의 도린곁에서 깜냥대로 주물러 내놓는, 쓸모와는 거리가 먼 수제품들 아니야? 그래도 그 쓸모없음의 쓸모, 무용의 유용이 우리를 위로

하고 쉬게 해 주잖아. 하긴 그것도 운 좋은 소수의 이야기일 뿐, 대부분은 그저 무용의 무용, 쓸모없음의 쓸모없음에 쓸쓸해하며 스러져 버리고 말지만 말이야.

이야기가 잠깐 옆으로 비꼈네. 이치와 당위를 따지려 들고 구구절절 변명이 늘어지는 거, 변명할 수 없는 노화현상이지. 아무려나, 신이 인간의 입술을 항구적 원천적으로 화장시켜 두신 데는 그럴만한 곡절이 있을 것 같아. '여기는 그대가 평생 먹여 살려야 할 걸신께서 은거하는 동굴 입구니라. 삼시 세 때 받들어 모시며 문안을 게을리 하지 말지어다' 하는, 준엄한 신탁의 표지였을까. '오로지 입을 지켜라, 입에서 나온 말이 몸을 태우니 입은 몸을 치는 도끼요 찌르는 칼이니라' 하는, 눈 코 입 문드러진 이무기 한 마리가 하반신이 묶인 채 들앉아 있는 위험천만한 늪이라는 적색 경고일까.

사람의 얼굴에는 터진 구멍이 여럿 있지만 다른 것들이 다 외부의 자극을 수용하고 전달하는 점잖고 수동적인 처소인 데 반해 입은 적극적 능동적인 편이지. 먹고 마시고 숨 쉬는 외에 표정과 목소리로 희로애락을 드러내고, 사람과 사람 사이에 길을 내기도 하니까. 사랑이 눈에서 시작된다 하지만 사랑도 실은 입술에서 시작돼. 마주쳐 스파크가 일어난다 해도 눈과 눈은 물리적으로 포개지지도, 화학적으로 스며들지도 못하잖아. 도발적인 평화와 평화로운 도발이 사이좋게 공존하는 인간의 입술, 그 입술이 눈이 점찍은 대상을 향해 부드럽게 이완되어 귓바퀴를 향해 들려 올라가고, 그렇게 자주 마주서면서 물길 불길을 이어붙이지 않으면 사랑이라는 역동적인 서사는 결단코 이루어질 수가 없어. 가슴과 가슴을 맞대고 포옹해도 심장끼리는 절대로 포개지지 않는 법이어서 그렇게 서로 입술과 입술을 견주어 상대를 면밀히 재단해보려는 것 같아. 그 방법밖에는 제 안에 유숙하는 영혼의 몸피를 가늠해볼 방책이 없을 테니까.

육신보다 정신의 우위를 믿고 싶어 했던 젊은 날에는 사랑하기 때문에 닿고 싶은 걸 거라고 불가해한 욕망을 합리화하기도 했었지. 요즘은 아니야. 사랑이라는 감정은 육신의 해부학적 구조와 감각적 욕구를 충족시키기 위해 후천적으로 진화된 특질이 아닐까 하는 의혹이 일기 시작했거든. 종족보존을 지상목표로 하는 생명체는 건강한 자손을 생산하기 위해 냄새와 느낌으로 서로의 페로몬을 감지하려 했을 테고, 그 방편으로 포옹이나 키스 같은 신체적 접촉이 생겨났을 거야. 총이 있으면 쏘고 싶고 주머니가 있으면 채우고 싶은 게 인간의 본성 아니겠어? 그리저리하여 찰나적 충동적으로 맞추어진 사개를 돈독하고 끈끈하게 이어 붙여 놓아야 종족 양육에 안정적일 터여서 심리적 접합기제가 불가피해진 거지. 어쨌건 그렇게 양국 사이에 자유무역협정이 체결되고 나면 절차 없는 문물교역이 이루어지고 역사적 현실적 책임이 따르는바, 사안의 중대성에 비추어 중차대한 전략적 관문에 빨간 똥그라미 두 개쯤 겹으로 둘러쳐둘 필요가 있었을 거란 얘기야.

쓸 데도 없고 골치만 아픈 생각을 왜 하고 사냐고? 나도 몰라. 에테르처럼 날아오르는 상상력이나 말랑말랑한 감상이 애초 내 것은 아니었어도 어쩐지 자꾸 삭막해지는 느낌이야. 무미한 사변과 경직된 관념만 모래알처럼 서걱대고 있으니…… 누군가가 그랬어. 관능의 부재라고. 관능…… 좋은 얘기지. 그러고 보니 생각나네. 전철 앞자리 풋풋한 아가씨의 귓불 아래 선명하게 찍혔던 인주 자국이. 시치미를 떼는 건지 모르는 건지 당사자는 정작 아무렇지 않은데 뭉개진 꽃잎 같은 쾌락의 환부에 내가 외려 당황했었지. 대체 어떤, 열에 달뜬 부룩송아지 녀석이 전인미답의 처녀지를 저리 함부로 도발했을까……. 그러다 문득 무릎을 쳤어. 자비로우신 하느님! 하느님은 정말 사려 깊으시네요, 내심 경탄을 하면서 말이야. 남녀 사이, 성마른 욕정의 흔적을 표 안 나게 감추어주고 싶은 마음으로 신께서 요소요소마다 붉은 물감을 칠해 두셨을 거라는 생각이 그제야 퍼뜩 떠오른 거야. 호오, 기막히지 않아? 요소요소마다, 그 섬세한 배려심이라니.

그런 친절을 무시하고 아무데나 화인火印을 남발하는 센스 없는 남자들도 문제지만 여자들에게도 문제는 있어. 왜 굳이 붉은 테 위에 붉은 칠을 더하여 무구한 남정네를 유인하느냐 이거야. 유인이란 말, 그렇긴 하네. 여자들이 입술을 바르고 화장을 하는 것이 대남對男 공작용은 아니니까 말이야. 화장은 남 보라고, 아니 남자 보라고 하는 게 아니잖아. 화장은 일단 나 보려고 하지. 꽃을 찾아오는 게 꽃이 아니라 나비라 해도 꽃이 나비를 위해 피는 건 아니니까. 꽃은 스스로를, 꽃을 위해 필 뿐이야. 제 멋에 피고 제 멋에 진다고. 다만 나비를…… 이용할 뿐이지. 물고 물리고 이용하고 이용당하는 존재와 존재 사이의 서사, 삶이란 결국 두 타자 사이의 틈새, 그 '사이'의 일 아닐까.

터질 듯 팽팽하고 도톰한 입술을 가진 여배우가 꽃잎 같은 입술을 반쯤 열고 광고판 안에서 헤프게 웃고 있어. 반투명의 탱탱한 과피 안쪽에 얼비쳐 보이는 흥건한 과즙, 톡, 터뜨려 빨아먹으면 입 안 가득 단물이 괴어 문문히 녹아내릴 것 같은 고혹적인 입술 뒤에는 상업주의와 결탁한 말초적 관능, 거부할 수 없는 치명적 유혹이 은밀하게 구조화되어 있지. 아름다운 것에는 독이 있는 법, 명심해. 금단의 열매를 따먹은 원죄가 사악한 뱀의 흉계라 하듯이 이 또한 배후가 있을지도 몰라. 신과 맞장을 뜨고 싶을 때 악마는 여자를 이용하잖아.

'키스를 부르는 입술'이라는 간지러운 카피 때문이 아니라 화사한 빛깔들의 향연에 매혹되어 나도 가끔 화장품 매대 앞에 서지. 날렵하게 줄 맞추어 서 있는 립스틱들을 보면 핫 핑크나 피치오렌지 같은, 한 번도 도전해보지 않은 색깔에조차 유혹을 느끼곤 해. 어느 신묘한 마법사가 잠든 여자들의 꿈속으로 잠입해 들어가 순정한 설렘과 아슴아슴한 기억, 때 묻지 않은 상상들만 훔쳐 갖고 와 비밀스러운 공정으로 추출해낸 안료 같거든. 여자들에게 화장은 물질화된 몽환 같은 거야. 소멸해버린 시간과 다가올 시간을 동시에 거느리고 있는.

돋보기를 끼지 않고는 메뉴판도 못 읽고 금세 들은 이야기도 삼 분 안에 까먹어버리는, 겉만 멀쩡한 여자들이 전철 의자에서 흔들리고 있어. 아니, 아니지. 오랜만에 만나도 하나도 안 변했다고, 어쩌면 옛날 그대로냐고 살갑게 위로를 건넬 줄 아는, 속도 따뜻한 친구들이야. 아무도 후하게 봐주지 않고 누구도 위로해주지 않는, 삶의 변곡점을 넘겨버린 여자들은 그렇게 서로 괜찮다 괜찮다 아직은 그래도 봐줄 만하다…… 곰비임비 최면을 걸어가면서 애써 용기를 돋우지 않으면 우울증에 빠져버리기 쉽거든. '날카로운 첫 키스의 추억' 따위는 까마득히 잊어버린 여자들의 입술, 그 입술 위에 노을빛으로 덧입혀진 질료는 순하게 스며들지 못하고 번들거리며 슬프게 빛나지. 대상과 조응하지 못하고 불화하는 오브제일수록 물성 자체의 빛깔과 광택으로 스스로의 발언권을 행사하는 것이어서 붉은 잎새들이 발산하는 현란한 침묵이 전철 안에 낯설게 흥성거리고 있어. '이 여자들 괜찮아. 아니 멋지다고. 서리 맞은 가을 잎이 이월 꽃보다 더 붉다(霜葉紅於二月花)는 말 몰라?'

건너편 친구가 다음 역에서 내리려는지 환하게 웃으며 손을 흔들어주네. 여자가 웃을 때 세상은 평화로운 천국이 되지만 양 입술을 앙다물어 봉인하거나 폭포수처럼 독설을 쏟아낼 때, 사랑도 평화도

물 건너가고 말지. 셈 밝은 남자들은 알고 있을 거야. 여자 말을 잘 들어야 자다가도 떡을 얻어먹는다는 걸. 속살이 훤히 내비치는 토마토나 탱글탱글한 앵두가 아니어도 여자의 입술은 주목할 필요가 있다는 것을. 소낙비와 땡볕을 온몸으로 받아내며 아리고 떫은맛을 무르익은 단맛으로 숙성시켜 온 늦가을 홍시 같은 여자들의 입술이 무얼 말하는지, 언제 어디서고 귀 기울여 들어야 한다 이 말씀이야.

제주, 그리고 바람

그 바다의 물살은 거칠다

반가부좌를 틀고 바다와 마주 앉으면 마음 안쪽에도 수평선이 그어진다. 수평 구도가 주는 안도감 덕분인가. 흐린 하늘에 부유하는 각다귀떼 같은 상념들이 수면 아래 잠잠히 내려앉는다. 바다빛깔이 순간순간 바뀐다. 이 바닷가 어디쯤에 창 넓은 집 하나 지어 살고 싶다는 내 말에 섬에서 태어난 토박이 지인이 웃었다. 바다를 노상 바라볼 필요는 없어요. 생각날 때 고개를 넘어 달려가 안겨야 애인이지 같이 살면 마누라가 되어버리잖아요.

그럴 수도 있겠다. 돛을 달고 왔다가 닻을 내리면 덫이 되어버리는 게 인생 아닌가.

한낮의 바다는 유순하다. 울부짖지도, 보채지도 않고 잡혀온 짐승처럼 가만가만 뒤친다. 저녁때가 되면 바다는 더 크게 뒤척이고 더 높이 기어오르려 안간힘을 쓸 것이다. 질척한 늪에 결박된 채 들숨날숨으로 소일하고 있는 푸르고 거대한 대왕해파리 한 마리. 바다란 태평양 한가운데에 말뚝이 박혀 있는 목줄 달린 짐승 같은 것이다. 헐떡거리고 씨근덕거리며 발정 난 짐승처럼 달려들어 보지만, 심술궂은 목부牧夫가 쥐락펴락 당겨가는 정체불명의 인력引力에 저항하지 못한다.

'그래, 여기, 여기까지만이야. 이것이 우리에게 허락된 한계야. 이렇게 자리를 지키지 않으면 세상은 뒤죽박죽 무너지고 말 거야. 천 번의 입맞춤 끝에서도 이별은 다반사가 되어야만 해…….'

등등한 기세로 돌진해오다 거품만 물고 쿨렁거릴 뿐 끝내 뭍으로 기어오르지 못하는 파도 뒤에서 섬의 여신이 타이른다. 살점이 흩어지고 뼈마디가 그을린 채 숭숭 구멍 뚫린 발가락만 핥다가 천 번 만 번 돌아서가는 바다를 지켜봐야 하는 여신의 마음도 편하지만은 않을 것이다. 어쩌랴. 저 또한 붙박인 목숨인 걸. 존재의 절대거리를 지켜내지 않으면 존립 자체가 위협이 되는, 그것이 이 행성의 운행법칙인 것을. 신은 바다를 방목하지 않는다. 아니, 아무것도 방목하지 않는다.

바람이 끊임없이 바다의 살갗을 저민다. 살갗에 이는 거스러미에 잠시 핏빛이 어리기도 하지만 표피적 통증쯤이야 아무것도 아니다. 벗어날 수 없는 운명, 허락 받지 못한 사랑 때문에 사정없이 제 몸을 짓찧고 쥐어박는, 물의 저 자학적 치기로 하여 바다는 사시장철 푸른 멍이 들어 있다.

광치기 해안에서

푸른 이끼가 융단처럼 덧씌워진 구들장 같은 징검돌을 건넌다. 눌러앉아 반신욕을 하고 있는 바위들, 패인 웅덩이마다 하늘이 떠 있다. 손가락으로 하늘을 맛본다. 하늘이 짜다.

빨간 야구 모자를 눌러쓴 아낙이 미역을 따고 있는 갯가를 뒤로 하고 모랫길을 따라 언덕 위로 오른다. 따스한 햇살, 삽상한 바람, 청잣빛 물결 너머로 일출봉의 각진 등허리가 보인다. 갯메꽃과 땅가시나무 사이로 마른 말똥이 굴러다닌다. 잊을 만하면 나타나는 푸른 화살표, 드문드문 박혀 있는 화살표가 가리키는 그 궁극은 어디쯤일까.

걷는다는 것이 기실은 내면적인 행위라는 것을 올레를 수없이 돌고서야 알았다. 몸 밖 세상을 휘휘 돌아도 귀착지는 결국 내 안의 땅, 내 안의 나를 만나는 것이었다. 걷는 일이 다리운동인 동시에 뇌운동이라는 사실도 제주에 와서 알았다. 햇살, 바람, 파도소리, 갯내음, 싱싱한 미각 같은 오감이 총체적으로 어우러져 기억으로 각인된다. 두 다리로 올리는 기도, 몸으로 하는 구도 행위, 걷기는 수행이다. 자기회귀다. 소는 위로 되새김질을 하지만 인간은 다리로 되새김을 한다. 바람을 거느리고 파도를 벗 삼아 생각 없이 걷는 반복적 리듬 속에서 생각이 열리고 가슴이 트인다. 누구는 그것을 행선行禪이라 했지만 나는 따로 보선步禪이라 하고 싶다. 소유에서 존재로! 도道의 궁극 또한 그것 아닌가.

검둥개 한 마리가 아까부터 바닷가 언덕을 컹컹거리며 오르내리고 있다. 아무래도 살짝 맛이 간 것 같다. 밤손님이 던져준 고기쪼가리를 집어먹고 이리저리 날뛰다 허옇게 눈을 뒤집어 뜨고 죽은 어린 날의 해피 생각이 난다. 설마 달려들어 물지는 않겠지 싶지만 가까이 가기가 슬그머니 겁이 난다. 바닷길을 따라 한참을 더 다가가고서야 개가 왜 그렇게 뛰고 있는지를 알았다. 풀밭 위에 이리저리 나풀거리는 흰나비 떼를 좇아 반시간도 넘게 작은 언덕을 오르내리고 있었던 것이다.

그래, 네가 동물動物이로구나. 눈앞의 환幻을 좇아 이리 뛰고 저리 뛰며 움직거리는. 태어난 자리에 붙박인 채 시난고난 늙어가는 푸나무보다 먹이건 사랑이건 원하는 걸 좇아 걷고 뛰고 달리고 멈추며 생명의 능동성을 만끽하는, 너도 나처럼 동물인 게구나.

섭지코지가 코앞에 와 있다. 어디서 꿩, 꿩, 장끼 소리가 들린다. 고등어의 뱃가죽처럼 얌전히 누운 바다 위로 가만가만 소름이 돋는다.

용눈이오름

용눈이오름에 올라보지 않고 제주를 안다고 말하지 마라.

연꽃잎처럼 둘러쳐진 산과 바다, 그 우주의 중심에 앉아 눈 아래 펼쳐진 가지런한 인간의 경작지를 내려다보지 않고 평화에 대해 이야기하지 마라.

용을 품은 여인, 품었다 놓친 여인, 초록색 피부를 가진 여인의 아랫배나 호벅진 둔부 어디, 그 하염없는 곡선에 취해보지 않고 관능에 대해 왈가왈부하지 마라. 바람 부는 굼부리 소똥 비탈에 앉아 넋이 나가도록 함께 흔들려보지 않은 사람을 영혼의 일촌이라 부르지 마라. 천지사방을 흔드는 바람, 그 바람 갈피갈피에 숨은, 손톱만한 꽃들의 눈물 자국에 엎드려 경배할 줄 모르는 이와는 차 한 잔의 시간도 낭비하지 마라.

움푹 패인 용의 자리, 용은 가고 바람만 외로운 그 자리에 앉아, 마지막 남은 커피 한 모금을 아껴가며 마셔보지 않은 사람에게 살아가는 일의 쓸쓸함을 어설피 하소연하려 들지 마라.

마라도

마라도에 대한 내 호기심은 국토 최남단이라는 지정학적 상식에 묻혀버렸다. 철조망과 판문점에 가려진 임진강이 서정성을 잃어버린 것처럼. 등대가 있고 분교가 있고 어떤 개그맨 이름을 딴 짜장면집이 있다 했지만 크게 마음이 끌리지는 않았다. 그러나 처음 마라도에 내렸을 때, 나는 단박 마라도에 반했다. 나지막함에, 비어 있음에, 충만한 바람에.

섬을 밟는다는 것은 태고의 역사와 만나는 것이다, 라고 누구는 말했지만, 조수처럼 밀려왔다 빠져나가는 사람들 사이에 태고의 시간은 보이지 않는다. 선착장에 내려 계단을 오르는 동안 거룻배를 타고 와 모선에 오르는 듯 잠시 기분이 설레기는 하지만, 마중 나온 골프카들 때문에 마음이 이내 산란해진다. 혹시 이 섬도 마라 컨트리클럽이라는 이름으로 거대자본에 흡수되는 건 아닐까. 걸어 돌아도 한 시간 남짓일 거리를 새보다도 적게 걷는 요즘 사람들은 골프카나 자전거의 힘을 빌려 편하게 일주하고 싶어 한다.

성당과 모형등대와 분교 건물과……. 그런 것들을 일별하고 기념사진 몇 장 찍고 나면 딱히 할 일이 없어 보인다. 앞 다투어 호객하는 음식점 중 어느 집에 들어가 해물짜장을 먹어줄 것인가를 결정하는 일이 남아 있을 뿐이다. 섬을 휘감는 백서향 향기나 발치 아래 피어난 여리고 순정한 꽃들을 무심하게 지나쳐버린다면.

마라도의 꽃들은 나지막이 포복한다. 저두평신低頭平身이 섬의 헌법이요, 오체투지가 섬의 불문율이다. 이 섬의 점령군인 바람은 크고 강한 것들을 내버려두지 않는다. 애기달맞이, 누운 패랭이, 잔개자리, 반디지치 같이 엎디어 읍하는 족속들에게만 가상하다는 듯 자비를 베푼다. 강한 것은 쓰러지고 여린 것만 살아남는 기이한 싸움터. 확실히 바람은 이 섬의 지배자다. 그러나 지배자라고 다 정복자가 되는 것은 아니다.

현무암 겹담으로 에워싸인 봉분이 흔들리는 풀꽃 아래 엎디어 있다. 노란 들꽃들을 머리카락처럼 휘날리고 있는 성곽 안의 성주는 사는 동안 온갖 풍파와 싸우느라 곤고했을지라도 마침내 안식을 얻었으리라.

선착장에 도착한 배가 한 무리의 사람들을 부려 놓는다. 줄을 선 사람들은 떠날 채비를 한다. 도착한 지 세 시간도 못되어 섬을 떠나는 사람들에게 국토의 마침표인 마라도는 잠시의 쉼표조차 되지 못한다.

바람은 자유혼인가

갯무꽃들이 몽환적으로 흔들린다. 해안가를 따라 지천으로 피어난 연보랏빛 꽃들은 목하 한창 우화 중이다. 조금 있으면 날개 여린 부전나비가 되어 하늘 저편으로 날아가 버릴 것 같다. 오늘은 바람도 출타중인지 꽃너울 저편, 갈맷빛바다가 평화스럽다. 바람 없는 날에는 바다도 일쑤 시울시울 졸고 앉았다.

심심하면 책을 읽고 생각 없이 바다를 바라보고 헝클어진 생각도 정리해낼 수 있으리라는 기대는 애초부터 착오였을지 모른다. 섬에 온 지 며칠이 지났지만 여태 글 한 줄 쓰지 못했다. 이 섬의 바람이 사람의 마음을 얼마나 밑동부터 흔들어대는지, 얼마나 집요하게 사람을 바깥으로 끌어내려 하는지 진즉 알아차렸어야 옳다. 섬이란 본디 바다를 베고 누운 땅 아닌가. 천지사방에서 쏟아지는 빛과 바람의 변주로 끊임없이 일렁이는 섬 가운데 앉아 오롯이 칩잠하기를 바라는 것은 흔들리는 배 안에서 물구나무를 서는 일보다 어려운 일일지 모른다. 그래, 글이란 골방에서나 쓰는 것이다.

어제는 바람이 비를 데리고 나타났다. 술 취한 사람이 소방호스를 사방팔방으로 휘둘러대 듯 종잡을 수 없는 빗줄기 앞에서, 서울의 지하철 안에서 산 삼천 원짜리 중국제 우산은 맞수가 되지 못했다. 비닐우비를 입고서라도 돔베길을 걸어보려던 계획을 포기하고 성난 바다만 바라보다 돌아왔다. 지표의 칠십 퍼센트를 점령하고서도 여전히 변방일 뿐인 바다. 바다는 왜 항상 성이 나 있을까. 이 행성의 이름이 수구水球가 아닌 지구地球여서일까.

성깔 사나운 제주 바다라고 사람들은 말하지만 사나운 건 기실 바다가 아니다. 바람이다. 술이 물로 된 불이라면 바다는 물로 된 바람이다. 멈추어 있는 것들을 충동질하는 바람, 세상 모든 움직임 뒤에 바람이 있다. 바람은 신이다. 폭군이다. 변덕쟁이다. 근원을 흩트리는 음험한 동인動因이다. 어디를 가도 따라오는 바람, 바람이 살지 않는 대지는 없다. 기껏 비바람을 피해 건물을 지은 사람들도 그 안에 강제로 환기구나 송풍장치를 밀어 넣는다. 나를 예까지 불러들인 것도, 낯선 바람 속에 세워두는 것도 다 바람의 계략일 것이다. 모슬포에서, 용눈이오름에서, 나는 겸허히 그를 영접한다. 내 안에 사는 천 개의 바람이 만장처럼 펄럭이는 바람의 섬에 안겨, 나는 가끔 접신의 기쁨을 맛본다.

전생이 아니면 내생에서라도 바람이 되고 싶었다. 어떤 포충망에도 걸리지 않는 바람, 자유의 다른 이름이 바람일 것 같았다. 구름을 갈라 비를 쏟고 물을 뒤집어 파도를 세우고 싶었다. 꽁꽁 언 흙을 버성기게 하여 여린 싹을 밀어올리고, 발 묶인 꽃씨들의 꿈을 실어 나르고 싶었다. 인사동과 한강, 북촌 언저리를 서성거리며 낯익은 건물, 그리운 얼굴들을 쓰다듬고 싶었다. 철조망을 뚫고 다리를 건너 구석구석 마음대로 떠돌고 나면 타클라마칸 사막 한가운데서 회리바람으로 소멸한다 해도 더는 미련이 없을 것 같았다.

그러나, 내려앉고 싶은 데에 내려앉지 못하고 그저 어깨나 스쳐야 한다면, 이생의 그리운 것들을 만나고도 머물지 못하고 지나쳐야 한다면, 애달프기는 마찬가지 아닐까. 늙은 어부의 거룻배를 뒤엎고, 죄 없는 동백의 모가지를 분지르고, 목장 울타리를 넘어뜨리는 일도 내 의지는 아닐 것이다. 머물고 싶은 데 머물지 못하고 닿고 싶은 데 닿지 못하고 하고 싶지 않은 일을 할 수밖에 없다면 바람 또한 자유의 표상이 아니다.

그 섬에 가고 싶다

길이 사라졌다. 제 몸의 물기를 말려버리고 비상의 채비를 마친 억새들의 적막한 몸짓에 취해 아끈다랑쉬오름, 키보다 높은 은물결 사이를 정신없이 휘젓던 중이었다. 풀숲으로 기어든 뱀 꼬리처럼 갑자기 길이 사라져버렸다. 울긋불긋한 사람그림자를 올라올 때 몇쯤 본 것 같았으나 어디로 숨었는지 보이지 않았다.

은빛 갈기로 뒤덮여 있는 웅크린 짐승 같은 오름 옆구리에 나는 풀썩 주저앉았다. 엎어진 김에 쉬어간다고, 아예 길을 잃고 숨어버리고 싶었다. 푸르고 높은 하늘, 침묵 위에 얹힌 바람소리가 슬프고도 아늑했다.

스크럼을 짜고 달려드는 바람에 맞서 스크럼을 짜고 모여선 억새들이 우우우, 함성을 질러댔다. 날고 싶어도 날지 못하는 새, 푸드덕거려도 날아오를 수 없는 은빛 새떼들이 하늘을 자욱이 덮고 있었다. 혼자 힘으로는 버텨낼 수 없어 발가락이라도 엮어보려 한 것이 자승자박이 되어버렸을 것이다.

눈을 감고 잠시 바람소리에 취해 있다 부스스, 자리를 털고 일어났다. 몇 발짝 저편, 얼크러져 누운 억새 숲 사이에 비구니 한 분이 빙그레 웃고 서 계셨다.

"가을에는 바람에게 지느러미가 돋아나요. 연못 속 올챙이에 앞발 뒷발이 돋아나듯이. 늦가을 언덕에 일렁이는 바람의 은빛 지느러미, 억새랍니다. 억새풀들은 바람의 왕궁에 소속된 음유시인처럼 바람과 함께 누웠다가 바람과 함께 일어나지요……."

그제야 알았다. 섬이 둥둥 떠내려가고 있다는 것을. 날지 못하는 새들이 깃털을 뽑아 섬의 등때기에, 옆구리에, 아가미 부위에 은빛 지느러미를 한 터럭 한 터럭 부지런히 짜 붙여주고 있었다는 것을.

가을이 오면 그 섬에 가고 싶다. 새로 돋아난 지느러미로 푸른 물살을 가르며 태평양 한가운데로 느릿느릿 헤엄쳐가던 섬, 허허바다 한가운데를 휘휘 저으며 섬을 통째로 휘몰아가던 바람, 그 바람의 허리춤에 매달려 한량없이 떠내려가고 싶다.

뒤엉키고 철썩이고

귓전 가득, 물결소리를 베고 잠들었던 나는 눈을 뜨자마자 창가로 달려간다. 파도에 헹가래쳐진 바위섬이 기슭 가까이 떠 있다. 아가리에 커다란 재갈을 물린 듯 섬을 삼켰다 뱉었다 하느라 아침바다는 조금 지쳐 보인다.

지구도 때로 아침잠이 드는가. 아침 바다가 아스팔트 같다. 혼자 울다 혼자 잠든 바람도 새벽녘에 멀리 떠나버렸나 보다. 깊이깊이 들이쉬고 천천히 내어뱉는 해조음이 고가도로를 달리는 자동차의 소음도 같고 구름 속을 통과하는 제트기의 폭음도 같아서 밤새 잠을 이루지 못했다. 시간이 숨소리를 내지 않고 지구가 코를 골지 않는다는 게 생각하면 얼마나 다행스러운 일이냐.

해는 아직 떠오르지 않고 수평선 쪽 하늘만 부옇게 흐려 있다. 안개의 휘장 저 너머에서 천신과 해신이 밤마다 성스러운 밀회를 한다. 뭍과 바다가 진검승부를 펼치는 상극의 적수라면 바다와 하늘은 운우지정을 나누는 상생의 맞수다. 연일 만나고 헤어지면서도 하늘과 바다는 동틀 때까지 합방을 풀지 않는다. 한 몸으로 뒤엉켜 철썩이면서 밤을 지새우고 난 아침이면 고물고물한 새끼 해마들이 간단없이 해안으로 돌진해 들어온다. 갈기를 나부끼며 진군해 오는 수만 마리의 해마들. 그칠 줄 모르는 바다의 다산성에 나는 늘 말을 잃는다.

테라스로 나와 숲과 바다를 마주하고 앉는다. 휘파람새 한 마리가 허공을 희롱한다. 한 나무에서 다른 나무로 솟구치고 곤두박질치는가 싶더니 어디선가 다른 놈이 포르릉 따라 난다. 흔들리는 가지 위에서, 기댈 곳 없는 공중에서 새들은 위태롭게 사랑을 나눈다. 잔디밭 가장자리, 일찍 깬 사프란 꽃들도 지나가는 바람의 겨드랑이를 붙잡고 간들간들 웃음을 날린다.

육지의 끝자락은 언제나 젖어 있다. 바다가 저만치 물러난 다음에야 뭍은 슬며시 치마를 걷는다. 점잖은 척 물러 앉아 있지만 하늘과 바다가 한 통속으로 스미는 소리에 내심 자극받고 있다는 증좌다. 흰 레이스 자락 아래 잠깐씩 드러나는 눈부신 뭍의 속살, 물러가던 바다가 되돌아와 달려들면 뭍은 다시 맨살을 감춘다. 갈망과 유혹으로 되풀이되는 노련한 관능의 숨바꼭질, 그 되풀이가 우주의 리듬을 창출한다. 바다-하늘, 하늘-대지, 대지-바다. 그것들이 함부로 몸을 섞어 바람과 파도, 구름을 낳는다. 이 거대한 혼음混淫의 현장. 세상이 갑자기 엄청난 음양의 카오스로 느껴진다. 그런 이치를 이제 알았느냐며 빛바랜 겹동백 하나, 퇴기退妓처럼 웃고 있다.

두모악 풍경

다시 갤러리 입구에 선다.

제주에 올 적마다 두모악을 찾는 것은 선생의 눈빛 앞에 다시 서기 위해서다. 처음 이곳에 왔을 때 소름이 끼칠 만큼 나를 사로잡은 것도 그 눈빛이었다. 해야 할 일들을 남겨두고 떠나는 사람의 눈빛, 한스럽고 처연한 그 눈빛에서 못 다한 천 마디 말을 읽는다. 내가 살지 못하는 삶을 살다 간 사람, 뜨겁고도 치열한 예술혼 앞에 나는 경건히 참배의 예를 갖춘다. 관람객 틈에 가만히 섞여 '다시 왔어요'라고 눈인사를 하거나, '다 이루셨으니 편히 쉬십시오'라고 위로의 속말을 건네기도 한다.

갤러리를 돌아본다. 파노라마 틀 안, 익숙한 풍경 속에 그가 잡아넣은 바람이 갇혀 있다. 그의 사진 속에서 나는 영기靈氣처럼 떠도는 바람의 혼을 만난다. 오름, 바다, 들판, 억새, 나무……. 사진에 제목을 달지 않은 것은 상상력을 제한하지 않기 위해서라지만 풍경의 진짜 주인이 외로움과 평화, 보이지 않는 바람 같은 것이어서일 것이다. 사람을 데려오고 데려가는 바람. 그를 이 섬에 묶어둔 것도, 나를 이 섬에 불러들이는 것도 바람이다. 흙당근을 캐 먹고 우윳값을 아껴 필름을 모으던 사나이가 탐났던지 신은 홀연 루게릭이라는 돌개바람을 일으켜 일찌감치 그를 데려가고 말았다.

전시실을 나와 뒷마당 감나무 아래를 서성인다. 방명록을 펼쳐놓고 만난 적 없는 영령에게 마음의 꽃다발을 바치는 무인 카페 안 여자가 아름답다. 혼자 본 이어도를 저들의 마음 안에 인화해주고 싶어 바람과 맞장 뜨다 순직해버린 그도 생각하면 꽤 행복한 사람이다. 사는 일에 완성이 어디 있는가. 사로잡힌 영혼만이 사람의 마음을 사로잡는다.

모퉁이를 돌아 앞마당으로 향한다. 돌담을 기어오르는 마삭줄, 분홍카펫처럼 번져 있는 메밀여뀌, 얼기설기 어우러진 들풀들 사이로 화이부동의 조화가 정겹다. 봄이 되면 마당귀 돌담 아래서 찬바람에 볼이 찢긴 수선화들이 해쓱하게 웃고 있을 것이다. 제주스러운 정취가 묻어나는 소박하고 정갈한 정원을 거닐며 자연과 인간의 접점을 생각한다.

돌무더기 위 덤불 사이에 키 작은 토우들이 명상에 잠겨 있다. 민머리에 입성도 갖추지 못한 채 가부좌를 틀거나 무릎을 싸안고 제각각의 화두에 몰두해 있는 토우들. 낯선 듯 친근한 이 작은 수행자들에게는 귀가 없다. 감각이 아닌 마음으로 들으라는 건가. 어지러운 세상 이야기라면 귀를 닫고 듣지도 않겠다는 건가. 개구리 같기도 하고 E.T 같기도 한 토우 하나가 눈을 내리깔고 훈수를 한다.

"바깥세상 헛바람에 떠돌지 말고 돌아가 안을 살피시오……."

수모루 할아버지

내 나이 열다섯에 평양에서 서울까지 걸어서 넘어왔지. 꼬박 닷새가 걸렸어. 고생은 말도 마. 안 해본 장사가 없으니까. 육이오 나던 해 부산에 내려갔는데 그때부터 큰돈을 만지기 시작했어. 국제시장에서 돈 제일 많이 번 사람이 나라는 소문이 파다했으니까.

여기 저기 집 사고 땅 사고, 원도 한도 없이 살았지. 별장도 몇 있었는데 항공사 사장이 하도 팔라 해서 얼마 전에 마저 팔았어. 마누라? 강남에 살지. 지금 구십이야. 나랑 동갑이지. 떨어져 살면서 가끔 안부만 물어. 아침에도 통화했어. 그 사람은 서울이 좋고 나는 여기가 좋으니 각자 좋은 데서 사는 거지. 취향이 다르니까.

내겐 여기 수모루가 천국이야. 여기 이 안락의자에 앉으면 호숫가 야자나무들 사이로 범섬이 정면으로 바라다보이거든. 그거 내다보며 커피 한잔 마시는 기분, 그게 낙원이야. 들어올 때 풍산개 다섯 마리 보았지? 그놈들 밥 주고 바닷가 산책하고, 아까처럼 비 오고 난 후에 올라오는 미역 건져다 먹고. 자연미역이라 고기보다 맛있거든.

심심하면 컴퓨터 장난도 치고, 뭐 그러면서 살아. 답답하면 차 몰고 서귀포 한 바퀴 돌아오기도 하고.

서귀포에 여자 친구가 있어. 나보다 열다섯 살 아래, 지금 일흔다섯이야. 그 사람이랑은 그냥 친구야. 손밖에 안 잡았어. 그래서 오래 가는 것 같아. 안 그러면 벌써 끝났을 거야. 좀 전에도 만나 점심 먹고 왔지. 내가 한번 내면 자기도 꼭 내려 하는데 내가 남자니까 더 많이 내야지. 늙으면 애써 사람을 만나야 해. 그렇잖으면 맥 빠져서 못살아. 외로움이라는 것, 꽤 고약한 감옥이거든. 내일은 청주 다녀오려 해. 이맘 때 거기 옻나무 순이 좋아. 부탁해 놓았더니 구해 두었다 해서. 아침 비행기로 갔다가 여섯시 비행기로 돌아오려구.

여자? 젊은 날에, 마누라 말고도 둘 있었지. 십 년, 칠 년씩 살았어. 난 어쨌건 여자들을 울리지는 않았어. 여자의 눈물은 하느님이 기억하신댔잖아. 칠 년 산 여자와 헤어질 때에도 트럭 세 대분을 따라 보냈지. 헤어진 뒤에 용돈 달라 찾아와도 그냥 보낸 적은 없어. 마누라? 우리 마누라는 부처야. 돈만 갖다 주면 두 말도 안했어. 애들 잘 키우고. 일생 돈 걱정은 안 시켰으니 남자란 다 풍운아라 싶었겠지. 그 여자들 사랑했냐고? 몇 년씩 데불고 살았으니 일시적인 감정은 아니었을 거야. 사랑했다 싶었는데. 어쩌면…… 바람이었을지도 몰라. 머무는 듯 스쳐가 버리는, 사랑도 인생도 바람 아닌가?

기당미술관에서

한 사내가 울고 있다.

몰아치는 바람 속에서, 천지를 휘도는 흙탕물 속에서, 검푸른 머리채가 휘어 잡혀 뿌리까지 뽑혀나갈 것 같은 나무 아래 오두막에서, 사내가 고개를 파묻고 있다. 시련 앞에 내던져진 절체절명의 고독, 자연의 횡포에 저항할 수 없는 나약하고 무기력한 목숨붙이의 비애가 절절하게 뿜어져 나온다. 저 불행한 사내를 따라 나도 한바탕 속 시원히 울고 싶다.

변시지는 바람의 화가다. 화폭 속에 존재하는 모든 것들이 뒤섞이고 나부끼고 소용돌이친다. 천지사방을 난폭하게 휘젓는 바람 속에서 돌담과 오두막, 조랑말과 갈가마귀가 휘청거리며 멀미를 한다. 물 허벅을 지고 가는 구부정한 여인네나 지팡이를 쥔 중씰한 사내도 바람 속에서 비틀거린다. 여섯 살 때 떠난 화가의 고향, 그 기억의 원형을 복원하는 풍물시와도 같은 황톳빛 풍경 안에서, 바람은 위태로운 광무를 연출한다.

변시지의 그림은 황톳빛이다. 하늘과 바다, 태양과 대지가 뒤섞인 싯누런 흙빛이 거세게 일렁인다. 왜 황톳빛인가. 그것이 제주의 DNA여서인가. 섬사람들이 즐겨 입는 갈옷처럼 이 섬의 문화적 원소, 그 원형적 빛깔이 어쩌면 그런 황톳빛일지 모르겠다. 아니, 생명이 출현하기 전, 우주는 그렇듯 빛과 바람과 흙먼지가 뒤엉킨, 거대한 카오스였을지 모른다. 혼돈의 세상을 선회하는 한 마리 검은 새와도 같이, 그의 거친 선묘는 인간 내면의 존재론적 어둠을, 슬픔과 좌절과 외로움과 절망을 화폭 위에 거침없이 유포시킨다. 혼탁한 세상, 광대무변의 우주 안에서 우리는 결국 혼자인 것이다.

썰렁한 오후의 미술관 안을 혼자 적막하게 서성거린다. 그림 속 쑥대머리 사내도 혼자다. 알 것 같다. 왜 사내가 혼자인가를. 등장인물이 둘 셋이 되면 저희끼리 이야기하지 관객을 상대하려 들지 않는다. 혼자여야 대상과 나와의 관계가 성립한다. 신이 독대獨對를 원하듯 인간도 예술작품도 마찬가지다. 저에게만 집중해야 비밀을 털어놓고 묻어둔 속 이야기를 토해 놓는다. 존재는 다, 삼각관계를 싫어한다.

모슬포에서 부르는 노래

모슬포에는 가보셨어요?

공항으로 향하는 차 안에서 택시 기사가 물었다.

"모슬포 앞바다는 파도가 얼마나 센지 거기서 잡히는 자리돔은 가시까지도 빼시다요."

모슬포는 제주에서 바람이 가장 심한 곳이며 그 지명의 유래도 못살포라는 말에서 나왔을 거라는 설명까지 덧붙였다. 바람이 너무 세어 못살 포구라는 설명이 그런대로 설득력이 있었다. 모슬포, 모슬포……. 잘 익은 햇살같이 까슬까슬한 어감이 좋아 가본 적 없는 낯선 포구를 혼자서 가끔 그려보곤 했다. 푸른 바다와 맑은 햇살이 어우러진 남쪽 바다 어디쯤의 바람 부는 어항이 흰색과 청색의 이미지로 선명하게 떠오르기도 했다.

그 모슬포를 마침내 다녀왔다. 새로 개장한 올레 행사에 때맞추어 내려온 길이지만 낯선 사람들과 폭우를 헤치며 빗길을 걸을 엄두가 나지 않았다. 이참에 차라리 모슬포에 가자. 비바람 몰아치는 모슬포에 가면 제주 바람의 진면을 만날 수 있을지 모른다.

하늘과 땅이 합쳐져 어디가 길이고 어디가 집인지 보이지 않는 빗길을 내비게이션만 믿고 나섰다. 화순 삼거리를 지나면서부터 무지막지한 폭우가 쏟아졌다. 한 치 앞이 보이지 않는 길, 옴쭉 못하고 길가에 서버렸다. 이 빗속에, 특별한 볼일도 없이 낯선 포구를 찾아 나서다니. 누가 나를 비바람 치는 거리로 내몰고 있는가.

안개에 갇힌 채 길 가운데 서서 오래 버티기도 위험한 일이어서 다시 움직여보기로 했다. 소주방과 미용실과 자전거포들이 즐비한 단층 슬레이트 골목을 돌아 가까스로 포구에 이르렀다. 사람의 그림자는 보이지 않고 발 묶인 오징어 배들만 비를 맞고 있다. 파도가 무섭게 방파제 쪽으로 달려든다. 어선에 달린 깃발들도 찢겨나갈 듯 춤을 춘다. 머리칼을 쥐어뜯고 귀때기를 후려치고 등을 떠밀고 무릎을 꺾는 바람, 그 성깔을 잘 아는 주민들은 납작 엎드려 그림자도 없는

데, 물정 모르는 뭍의 여자만 방파제 쪽으로 차를 몰고 있다.

산맥들이 떠내려 온다. 앞서거니 뒤서거니 아우성치며 다가온다. 하늘도 바다도 분별할 수 없는 해무 속에서 산들이 기우뚱 어깨춤을 춘다. 파도는 바다의 불수의근인가. 섬을 통째로 삼켜버릴 듯 스크럼을 짜고 달려든다. 바다는 대체 얼마나 거대한 허파를 가졌기에 저리도 광포한 숨소리를 내는가.

그래도 맘먹고 여기까지 왔는데……. 애써 차문을 밀어보려니 바람이 사납게 문짝을 되닫는다. 죽고 싶지 않으면 꼼짝 말고 차 안에 있으라는 경고다. 유리창이라도 내려 보려 하니 요란한 굉음을 내며 비껴드는 빗줄기가 사정없이 귓불을 후려친다. 모슬포 바람의 본때를 제대로 보고나 가라는 듯이.

빗줄기가 거세진다. 방파제 위에는 올라서지도 못했는데 이제는 벌써 돌아갈 일이 걱정이다. 혼자 상상하고 준비 없이 달려들고, 눈앞의 바람과 파도에 겁이 나 싸워보지도 못하고 물러서버리는, 모슬포는 그대로 내 삶의 은유다. 한 발 멀리 비켜서서 저런 게 바다라고, 바다란 원래 그런 거라고, 이룬 바 없이 발길을 돌리던 지난 기억들이 눈앞을 스친다. 휘몰아치는 비바람 속에서, 산더미 같은 물너울이 방파제를 삼킬 듯 덮쳐오는 모슬포 바닷가 고물 렌터카 안에서, 가슴속 깊이 폭풍 같은 바람을 잠재우고 사는 여자 하나가 주문呪文을 외듯 가락을 읊는다.

"파도여 슬퍼 말아라. 파도여 춤을 추어라. 끝없는 몸부림에 파도여 파도여 서러워 마라……."

허무도 에너지다

행원리 바닷가 풍차마을에서 잊었던 전도서의 구절을 떠올린다.

"헛되고 헛되며 헛되고 헛되니 모든 것이 헛되도다. 사람이 해 아래서 행하는 모든 수고가 무엇이 유익한고……. 다 헛되어 바람을 잡으려는 것이로다……."

구약성서의 전도서 총 222절 중에는 헛되다는 말이 37번 나온다. 그 전도서가 스무 살의 나를 사로잡았다. 근원을 알 수 없는 허무주의로 하여 내 청춘은 어둡고 우울했다. 살아 있음에 도모하는 모든 행위가 다 헛되고 무모해 보였다. 신과 사랑이 쌍두마차처럼 삶의 화두로 자리하고 있었으나 후미진 의식의 저편에는 죽음과 허무가 샴쌍둥이처럼 도사리고 있었다. 무엇을 하든 끝이 먼저 보여 아무것에도 애착할 수 없었다. 삶이란 내게 큰 과오 없이, 무사히 완수해내야 할 통과의례 같은 거였다. 다 스쳐가는 바람에 불과할 터, 주어지는 대로, 떠밀리는 대로 그렇게 살다가도 괜찮을 것 같았다. 광포하고 공격적인 허무 앞에서 젊음은 무기력하게 압살 당했다.

하늘가에 떠도는 바람을 다 포획해 올 기세로 천천히 돌고 있는 바람개비들을 올려다본다. 하늘아래 행하는 모든 일들이 다 헛되어 바람을 잡으려는 것이라는 말이 최소한 여기서는 허사일 듯하다. 바람을 잡으려는 시도야말로 이제는 더 이상 허사가 아니니까. 고갈될 화석 연료를 대체할 무공해 청정 에너지원으로 바람은 이미 유용한 자원이다. 바람이 힘이 되고 에너지가 되듯 허무 또한 내게 에너지가 될 것이다. 만물은 극에 이르면 뒤집어지는 법. 음이 쇠하면 양이 승한다. 물극즉반物極則反, 눈부신 반역이다.

어디 먼 우주와 교신하는 안테나 같은, 키 큰 바람귀신들이 팔운동을 한다. 수직으로 서 있는 것들이 자아내는 고독과 품위가 낮게 웅크린 나를 압도한다. 급할 것도 서두를 것도 없는 해거름의 바닷길, 자동차에 천천히 시동을 넣는다.